小说家的旅行

【日】
三岛由纪夫——著
Yukio Mishima
吴季伦——译

广东旅游出版社
中国·广州

图书在版编目(CIP)数据

小说家的旅行 / (日) 三岛由纪夫著;吴季伦译. —广州:广东旅游出版社, 2022.1
 ISBN 978-7-5570-2593-9

Ⅰ.①小… Ⅱ.①三… ②吴… Ⅲ.①游记-作品集-日本-现代 Ⅳ.①I313.65

中国版本图书馆CIP数据核字(2021)第182495号
（本书中文译稿由马可孛罗文化授权）

出 版 人：刘志松
特约编辑：张晓星
责任编辑：林伊晴
封面设计：壹诺设计
内文设计：印墨翊
责任校对：李瑞苑
责任技编：冼志良

小说家的旅行
Xiaoshuojia De Lüxing

广东旅游出版社出版发行
（广州市荔湾区沙面北街71号首、二层）
邮编：510130
邮购电话：020-87348243
印刷：佛山家联印刷有限公司
（佛山市南海区桂城街道三山新城科能路10号自编4号楼三层之一）
开本：889毫米×1230毫米 32开
字数：183千字
印张：8
版次：2022年1月第1版第1次印刷
定价：58.00元

[版权所有　侵权必究]
本书如有错页倒装等质量问题，请直接与印刷厂联系换书。

目录 CONTENTS

画卷记旅 / 001

　　画卷记旅 / 002

　　纽约的奇男奇女 / 025

　　纽约的富人 / 035

　　纽约的穷人 / 039

　　纽约有感 / 054

　　纽约的焰火 / 058

　　"野性"和"卫生"的荒野 / 061

　　还活在旧时代里的小镇 / 065

　　太子港（海地首都） / 067

　　美国的研究所学生 / 069

　　多米尼加政府的水舞表演 / 071

　　奇特的首都哈瓦那 / 073

　　造访演员工作室 / 075

　　纽约市芭蕾舞团 / 081

　　美国的音乐剧 / 087

　　跋 / 111

眺望世界的旅人 / 113

日本的行情——说日语也通 / 121

南半球尽头的国度 / 125

外游日记 / 131

叹见纽约 / 153

纽约闲记 / 167

纽约餐馆指南 / 173

总统大选 / 179

口沫横飞——《近代能乐集》纽约试演记 / 183

金字塔和毒品 / 191

旅途之夜 / 197

美的反面 / 203

冬天的威尼斯 / 215

熊野之旅——日本新名胜导览 / 219

英国纪行 / 229

印度通讯 / 237

美国人的日本神话 / 243

画卷记旅

画卷记旅

秃鹰的暗影

　　热带与死亡,始终在我脑海里久久萦绕不去。然而,令我不解的是,自己为何会将这两个意象如此紧密地联结在一起。不论是在海地生病的时候,抑或在墨西哥尤卡坦半岛生病的时候,这两个意象的联结,总是在我的心头不停地盘旋。当我探访矗立在尤卡坦平原的密林里的玛雅遗迹,目睹栖身于荒烟野草间的托尔特克文化的"骷髅头神殿"曝晒于酷暑骄阳之中,不禁为自己能在盛夏时节见证此景而感到欣喜。那座神殿的底部刻满死亡、病痛、秃鹰,还有战士的浮雕。有的战士几乎提不起手中的弩箭,一副病恹恹的憔悴神情;也有战士瘦骨嶙峋,单手拎着自己那颗眼目闭阖的首级……这些镂刻着死亡、病痛和荒圮的纪念碑,在萋萋草丛间显得分外醒目。这地方似乎蕴含着某种思维,于我心有戚戚焉。

　　我仿佛隐约明白了什么是热带的死亡。当健康的时候,海地首都太子港的风光令我赏心悦目，然而一旦有病在身，就变得奄奄无力，连望见利维拉旅馆庭院里多不胜数的繁茂热带植物，都会催我作呕。那些巨大而闪闪发光的叶片和花朵长得密密丛丛的，犹如我们菜园里的杂草和蔬菜在放大镜底下全都扩大成数十倍似的影像，简直是一场梦魇。在那闪耀着光泽的异样庞大的阔叶底下，偶尔还可瞥见绿色的蜥蜴窜跑而过。几只放养的大鹦鹉展开璀璨的翅膀，此起彼落地在游泳池畔发出嘶哑的刺耳啼叫。

这时，我感到自己几乎无法抵抗这些植物和动物旺盛又可憎的自然生命力。就算我当下死去，死状恐怕也和它们没什么两样。我不是败于死亡之手，而是败在一种无谓的过度旺盛且可憎的生命力之下。那种力量不是来自崇高且冥想化的北方众神，而是出自支配这些热带国家的可憎的诸神。

……是的，玛雅的死神惯常是饥肠辘辘，不时贪婪地索求饱腹。在这个地方，人类的死亡是一种生物遭到另一种生物的吞噬，一种生命受到另一种生命的啃食，即便是自然地死去，也和蝴蝶被蜘蛛吃下肚没什么两样。尽管受到文明生活的庇护，却又总觉得世上存在着某一种会把自己打倒的可憎的旺盛生命力——难道只有我一个人有这样的感觉吗？

不，不单我有这样的感觉。那些人打着革命的大旗，一方面勾画出较之摇旗呐喊群起而攻更为强大的生命力，一方面又恣意利用源自上古且历久不衰的恐惧。墨西哥的左翼画家里维拉[1]画笔下那群声势慑人的工人早已超脱人类，而是更趋近于强大而毒辣的热带生态了。

然而，确信自己的内在生命力，不惜一切与之共存，或是说将其从庞大的抽象体系中独立出来存活的所谓北方封闭性的生活方式，相较于

---

1 Diego Rivera（一八八六～一九五七），墨西哥画家。

这种忘却或抹煞内在生命力并且知觉着外在生命力的生活方式，后者难道比较颓败吗？果若如此，那么热带本身不就是一种严重的颓败吗？

事实绝非如此。在热带居民的生活方式里，潜藏着一种远比其外在更为强而有力的对生命的模仿。我们一直试着模仿那些庞大而光泽耀眼的植物，以及鹦鹉和豹子的生命力，并且一直试着参与与规划这样的进程……这就是生存。假如做不到，唯有步向死亡一途。届时，将不再是模仿，而是遭到吞噬，受到同化了。

我站在奇琴伊察的玛雅兰德·洛基旅馆二楼的柱廊俯瞰，在葳蕤苍郁的热带树荫下，瞥见浅紫色的寄生兰绽了花。忽然间，有什么东西掠过了兰花瓣，就在下一秒，几道黑影伴随着急促的拍翅声霍然扑到了我的眼前。原来是几只秃鹰。

死亡，居然在光天化日之下，就这么振翅来到人类的餐桌前和躺椅边。它们的影子落在搁着一杯午后酒的桌布上。那虽是不祥的暗影，却也不啻为一种强大的生命力。

那是他者的生命，与自我无关的生命……这种思维令西欧人不寒而栗。因为这样的想法很容易造成将生与死一视同仁，而且有某些部分必定会联结到太阳崇拜。

热带的阳光，宛如嘹亮但刺耳的喇叭声，轰鸣不止。沉滞的空气仿佛早得处处龟裂，椰子树和火焰树也像是嵌在令人炫目的海景上，一动不动。

我在多米尼加首都圣多明各那浓绿树荫下的长椅坐了下来，从叶片被晒得干枯而垂地的可可椰子树[1]的缝隙间，眺望波光粼粼的加勒比海时，脑中思索的也是这个问题。

---

1 学名为 *Cocos nucifera Linn.*，英文名称 Coconut Palm 或 Coconut Tree，一般通称椰子树。

北美密西西比州的纳切斯

你知道美国小城市的夜晚是什么模样的吗？吃过晚餐，我走出旅馆，打算去几个路口外一家灯饰绚烂的小电影院。那时才八点半，月色皎洁，街上却已经无人走动了。俏皮的小霓虹灯，自顾自地在一家家商店门前闪闪烁烁。一辆辆汽车，默默地依序停在静悄悄的路旁。偌大的银色垃圾箱半张着嘴。乍看去，一旁熄了灯的橱窗里陈列着大量的餐刀，刀刃在黑暗中反射着窗外的光影，而漆黑的窗玻璃则映出斜对角那家药房的霓虹灯。街上的建筑物一律都是两层楼，好似积木叠出来的小屋子。时值九月的此刻，路边的一面墙上还贴着马戏团五月份来城里表演的广告。顺着这批低矮的楼房朝远处望去，老旧教堂的尖塔孤寂地耸立在月空之中。

你听，满城的虫鸣！那仿佛从城里每一面水泥墙的裂缝里窜进而出的虫鸣！……整座城市就像一只没人住的大虫笼。

当然，有些人还醒着。证据就是当我听到一阵犹如深深叹息的声音由远而近，直到发现那是在人行道上滑行的汽车发出的声响时，那辆关上了车内灯的汽车，已经从我眼前消失在下一个街角了。

嗡集的虫鸣诱惑着我——是去看电影，还是该去欣赏月夜里的密西西比河呢？

最后，我决定去看电影。因为就算不去看，也可以想象得到就在那夜空下陪伴着静谧的丛林，流淌在月光里的密西西比河是什么模样……结果，等我看完电影回来，于就寝前站在伊欧拉旅馆七楼走廊那扇窗户前，虽被安全梯挡住视线而看不到月亮，却看到了在月光下的密西西比河。

在奥特加特产店的门前

我不知该如何形容北美新墨西哥州天空的蓝。那是绝对的湛蓝，并且是无与伦比的湛蓝。因为我们通常看到的是在白云映衬下显出晴空的蔚蓝，但在这里任凭极目四望，依旧连一片云也瞧不见。

圣达菲周围的平原上，到处都是形似黄色佩兰的一枝黄的花丛，而茂密长着槲寄生的丘陵，其山腰则是光秃秃的，只有干枯的浅绿色葛蔓零星分布。遍地皆是火山熔岩的小山，呈尖锐锯齿状小山。全长两千两百英里的里奥格兰德河在这些山岳间穿流而过，逐渐切割出一座大峡谷。现在是九月下旬，听说再过两个星期，周围群山中最高的托卢卡斯峰就会覆上白雪了。

开车赏览完陶斯的隔天，我又从圣达菲驱车前往奇马约参观印第安部落，同行的是一对年轻的德国夫妻。汽车开了一阵子，司机照例在一家名叫奥特加商店的特产店前面停下来略作休息。这家商店主要贩卖印第安人手工制作的毛毯。我对司机暗中推销的招数已经心知肚明，决定待在车里欣赏后车窗外的景致，等候下车去听商家舌灿莲花的那对年轻夫妻回来。

在那条尘土飞扬的路旁有一所小学。远方赤色群山的轮廓，近处零星长着葛蔓的火山灰丘陵的柔缓山形，都与湛蓝的天空之间印出了一道清晰可辨的界线。道路右侧的小学校地四周围着铁丝网，和日本同样穿着土气西装的教师正与学生们一起打棒球。道路左边的繁茂树荫下有一段半圮的石墙，三个十五六岁的印第安和西班牙的混血少年坐在石墙上，开心地聊个没完。叶缝间洒落的阳光，将其中一个少年挂在褐色胸前的金色十字架照得闪闪发亮。

从车后窗看出去，迎面就是一块我最讨厌的可口可乐的艳红圆形广告板，不过那块板子已经十分斑驳，看来倒也别具雅趣。

下午两点半，阳光普照。此刻的白昼仿佛会持续到永恒。

其实，这一幕风景真正的主角，是一个熟练地驾驭一匹黑骏马的七八岁男童。他没用马鞍，直接骑乘，时而纵马奔驰，时而让马儿仅用后腿昂立，吓唬开车经过的旅人。那匹黑马鬃毛蓬乱，前腿凌空高举，俊美的英姿划破那绝对湛蓝的天空，真是美极了。不过，那个男童骑手一刻也静不下来。他有时靠向坐在石墙上的三个少年，其中一人企图抓住缰绳骑上去，被他当即拒绝并且逃开了；有时又凑到学校的铁丝网前，骄傲地隔着铁丝网和那些学童说话。两条闲得发慌的狗紧跟在他身边，不是和马儿胡闹玩耍，就是朝扬尘而去的车子一阵狂吠。那匹如同西班牙人的头发一般黑亮的骏马，再一次于蓝天下高高地扬起了前腿……

于是，在奥特加土产店门前的马路上，什么事都没有发生。也就是说，男童、骏马、两条狗，以及三个少年，全都无所事事。我霍然想到，同样无所事事的自己看起来有多么愚蠢，不禁羡慕起这些无所事事的人们只是在打发时间，却能成为我画中的人物。

壮丽与幸福

旅行之所以让人难以忘怀，并非全然归因于美丽的风景。我认为，憧憬已久的美景果真如想象中一样壮丽，以及当目睹美景时洋溢心中的幸福，这两项要件必须相辅相成才行。这样的瞬间极其罕见。在这趟长达半年的旅程中，真正遇到这样的瞬间、真正让我感受到自己沉浸在幸福之中的瞬间，仅仅只有两次，一次是八月三十日在特鲁希略城的黄昏，另一次则是九月三十日于乌斯马尔的午后。

这样的时刻其实有赖天时地利。一来，自己不能有烦恼和不安，再者，身边万物也都在冥冥之中帮助自己得到这样幸福的瞬间。在这种充实的时刻到临之前，通常会有某种预感。那天下午出发前，我在乌斯马尔旅馆的泳池游了一会，想要冲掉方才午睡时淌出的汗水。当时，我逐渐感到自己沉浸在如水一般的幸福当中，那股幸福将我裹住，径自沁入我的体内。我那时没有深思为何会有这样的感受。

乌斯马尔位于墨西哥的尤卡坦半岛，从机场所在地的梅里达市沿着新建的泛美公路驱车南下，大约两个小时即可抵达。在众多玛雅遗迹之中，乌斯马尔的著名之处在于，比较没有受到托尔特克蛮族的影响，可供后人凭吊正统的玛雅文化。

一家名为乌斯马尔庄园的旅馆就建在遗迹边上，只有一栋建筑，大概是由庄园改建而成的。从这里步行几分钟，我们就能置身于被挖掘出来的古代都市的中心了。如果把奇琴伊察称为"玛雅的雅典"，那么乌斯马尔就是"玛雅的德尔菲"了。不过，如果要论祭祀的规模，这个比喻就得反过来了。乌斯马尔王族为了举行重要的典仪，不惜在大森林里修了一条铺砖的道路通往奇琴伊察。此刻，我已经站在奇琴伊察的大浴场遗址旁，望着这条通往遥远的乌斯马尔的铺砖道路遗迹。如今，这条道路又重被土壤和草堆覆盖，再度消失于丛林之中，昔日王族远行的道路又一次被永久埋在了植物、腐叶土、兽穴和鸟巢底下。我曾看过有个带着相机的观光客没有紧跟着向导，独自拐进森林里，岂料就这样迷了路，在里面兜绕了三个小时还走不出来。那些看似稀疏的树林，若是站在玛雅的金字塔顶端眺望，就会发现原来不过是错综而密集的丛林的一部分……我在距离乌斯马尔不远的卡巴的城门下，看见了铺砖道路的另一端，和我在奇琴伊察看到的是同一条。这条路好似躲在叶荫下的可怕大蛇，只露出了长长身子的头和尾巴，而且还是藏在茂密的夏草里，朝奇琴伊察的方向爬行而去。

奇琴伊察那种以人献祭的典仪源自托尔特克族的风俗，令人视之鼻酸。他们抓来女童，戴上献给神祇的金银珠宝，然后把她扔进"牺牲之井"里头，如果那具溺死的尸体浮上来时面部朝上，表示神祇欣然接受了供品。另外，神官会在金字塔的顶端剜出受俘士兵们的心脏，接着把体温犹存的尸体抛下去，在一百多阶石梯下方待命的低阶神官负责剥掉尸皮，当场披上人皮跳舞。神官们的头发上黏着干涸的血液，令人不寒而栗。那些充作供品的勇敢士兵的肉体随后就被吃掉，至于流出来的血则被拿去抹在神像的脸上。

奇琴伊察的遗迹如是充满了血腥的记忆，色泽青黑的台阶算不清曾被溅染过多少次鲜血。然而，乌斯马尔的传统玛雅式建筑遗迹，即便偶尔作为献祭之用，却没有以血祭神的仪式。因为割伤人体取其鲜血祭神的流血仪式，是后来的托尔特克族带来的。在玛雅诸神中最著名的雨神，在这个干涸的都城里被奉为主神。

……我无意在这里长篇大论玛雅的考古学，只是由衷希望也能让读者一同感受到，我这个旅人，在某个奇妙的一天、某个奇妙的下午所感受到的幸福。

我戴着一顶墨西哥帽，和向导一起离开了旅馆。我们走过夏草丛生的小径，穿越大马路，再次走进夏草丛生的小径里。天空上无数的云朵都像镶了一圈金边，凉风徐徐吹拂，看来应该不会下雨。

不知道什么原因，废墟的颜色总是和当地居民的肤色十分相近。希腊的废墟是那么样的苍白，而乌斯马尔这里则在葳蕤的浓密绿林之中，耸立着赤铜色的El Adivino金字塔。老旧的铁链沿着一百一十八道石阶设置，从前的马西蜜莉安皇妃便是靠着这道绞车式的铁链，才能穿着大

画卷记旅　009

蓬裙爬上金字塔的顶端。

这附近的草丛里到处散落着雨神的石雕头像。这尊丰饶之神一脸的横眉竖目，口中有牙，长鼻子的前端卷曲如象鼻，双耳旁边总是凸出阳具。

走在这样的废墟间，还会在陈旧的圆柱下看到马、狗、鸡等等动物。几只火鸡咕噜噜地叫着，在古老的拱门下纳凉。这些大概是遗迹的看守人饲养的家畜和家禽吧。

四座修道院围出了一处巨大的中庭，壮丽的景观令我惊奇。离开那里，循着荒烟蔓草间的昔日石阶步下坡道，便会来到"统治者宫殿"。当我站在这座足以誉为"乌斯马尔的阿波罗神殿"的前方，仰望这座伟大的建筑，那宽长的立面刻满了神秘的浮雕，仅余下几处哥特式拱门的留白，不禁使我心潮澎湃，感动之情溢于言表。

当年这座大宫殿应该是矗立在一片宽广又平坦的台地上，只是下方的石阶现在已经看不到了。大宫殿的正对面有一块小台地，台地上有两座美洲豹的石像。再继续走到宫殿的入口前，便可看见有一根巨大的阳具斜斜顶向天际。

壮丽的建筑，尤其是遗迹废墟，带给我们的感动格外纯粹，其原因之一就是它已脱离了实用的目的，我们可以完全由美学的角度予以鉴赏，而另一个原因就是必须等到其化为废墟的那一天，才足以显示出该建筑的真正目的，并且才得以纯粹地呈现出建盖当时全然狂热的野心和企图。这两个理由乍看之下是相反的，很难辨别何者是带给人们感动的主因。不过，正由于废墟已经失去了中介要素，亦即在建筑和自然之间的人类这个中介物，所以更能纯粹而明显地勾勒出人类意志与大自然之间的相互克害。比起现实生活里人类的住家或商用的高楼大厦，废墟更加违反自然，它宛如一把尖锐的刀刃，既存在于自然之中，又与自然对立，最终仍是无法与自然融为一体，就像古代玛雅的士兵、神官和妇女，同样未被埋没在历史的灰烬之中。然而，与此同时，今日的废墟是以其现有的样貌存在于自然之中，已经丧失了当年住民们赋予的功能，再也无法成为人类和自然之间的沟通管道。尤其是废墟之中最美的神殿，它的美不单是因为壮丽，更由于它代表着人类的意志。当人类希望透过祈祷与献祭来接近神灵，却一直无法成功，于是人类将自身渴望与希冀的意志，以某种形态贯注于神殿之中。古昔往时，只要在这里祈祷与献祭，仿佛就能接近神灵、接近天穹，如今，大神殿成了一片废墟，已然被天穹弃置，与自然——在这里，自然是一片无垠的浓绿丛林——之间产生了一股不相上下的紧绷张力。神殿废墟所散发出"消失于世"的氛围，与建筑物本身厚重石块的真实感互成对比，这座庞大的建筑本该是其曾经存在于历史上的证明，却反而成了"消失于世"的一方纪念碑。我们站在神殿废墟中受到的感动，大抵是来自这座巨大石殿呈现出来的人类意志的辉煌，以及其所散发出"消失于世"的强大氛围，这两股难以形容的不祥感觉混合在一起的结果。

在高大且左右对称的立面上，有着极度规律的玛雅独特的纹路式样和象形文字。从雨神的眼中流淌下来的泪水，滋养着植物、动物、花草、龟、鱼和鸟等等，而雨神的额前也爬出了象征生命的蛇。每一尊雨神的面部都连接在一起，所有的脸上都有和象鼻一样凸隆起来的鼻子。

站在那里朝东南方回头望去，高耸的金字塔被掩覆在原始的丛林里，只从草堆中隐约露出一部分红褐色的石壁。这座金字塔被称为"老妪之馆"，据说是古时候被国王放逐的妖巫们居住的地方。

我绕到"统治者宫殿"的后方时，恰巧看到一只硕大的黑蜥蜴，哧溜溜地躲回拱门的石洞里。我背对宫殿，再次极目四望那片无边无际的丛林。那零星分布的一座座突兀的小山，应该都是尚未进行考古研究的金字塔，除此以外，眼睛所见尽是高度相同的丛林。白云落下了朵朵暗影，其他没有云影的部分亮得让人腻烦。光灿炫目的云堆，在晴朗的高空上翻腾不停。

这时，我望见密林的地平线上，出现了只有在热带才看得到的奇景。在西方开始沉落的夕阳旁，有着如泼墨般的雨云低垂。这片乌云盘旋在地平线的上方不远处，但似乎不会朝这边扩散过来。不过，可以清晰地看到这片雨云正在地平线的彼方下着豪雨，垂直降下的白线密密地织成了一面稠白色的帘子。那地方似乎不停地刮着狂风，雨网被吹得摇曳不止，斜斜地落了下去。愈是凝目眺望，愈觉得自己此时伫立在明亮的蓝天之下，恍如置身于另一个虚幻的空间。这一刻，我仿佛同时经历着两种不同的时间维度：一种是晴天午后的某段时光，另一种是滂沱雨中的某段时光。

……我随着向导步下宫殿的台地，走进了丛林里。他握着刀子砍掉低处的枝丫，用脚踩平长满坚棘硬刺的杂草。我们想走到鸽神殿的后方，可惜没有前人开路辟径。

我拨开枝丫，枝丫旋即以强劲的力道弹了回来，差点击中我的眼睛。就在我闭上眼睛躲避树枝的刹那，倏然闻到一股清新的枝叶芬芳。不多时，丛林的坡度变大了，我发现自己走到一块平坦的草地，映入眼帘的正是一处最古老的玛雅遗迹之一，也就是只剩一片厚壁立面的"鸽神殿"。

但那块赭色的石壁上没有任何浮雕，只留下拱门和许多窗子的空洞。那些窗子的功能原本是为了让山风通过以免吹倒了整面墙，不过那模样确实让人不禁联想到鸽舍，这就是鸽神殿名称的由来。我们想由鸽神殿的后面穿出拱门，走到前方那块草地上。这时，拱门恰巧形成一只画框，而框中那幅美丽的风景画，驻留了我的脚步。

框在拱门里这片墨西哥的晴空，那使人感叹于日暮将近的湛蓝，以及在奔腾乱云的耀眼姿影下方，那丛林的浓绿……我不舍地望着这幅构图从视野中渐渐消失，钻过拱门，来到鸽神殿前面的草地，另一个废墟立刻出现在下方。那是一座可爱的小神殿，成列的柱子上刻着一只只形态各异的乌龟浮雕，那就是"龟神殿"的废墟。

——导览行程结束，我回到旅馆，吃过晚饭，依旧沉醉于幸福之中。我坐在面向泳池的阳台上，抽着上星期在哈瓦那买的乌普曼雪茄，啜着墨西哥产的干邑白兰地，怡然自得地透过眼前那张藤椅的藤条间，俯瞰着对面那栋西班牙式楼房挂在柱廊上的灯笼映在泳池里的倒影。我将雪茄的一端浸在干邑白兰地里再拿起来吸，这种方法是前不久在哈瓦那学到的。

可惜的是，这样的幸福，在翌日清晨宣告结束了。前一晚整夜不明原因高烧，一早醒来就得拖着虚弱的病体坐上出租车，赶往梅里达机场搭乘飞往墨西哥城的班机，沿途不时有牛群妨碍车子通行。同样的情景，在我早前抵达的途中感到很新鲜，但这时候只觉得十分不耐烦。

维·卡西那匹看不见的马

留存在中南美、西印度群岛、墨西哥和北美南部等地那哀伤的欧洲风情——衰败、憔悴、气息奄奄，较之真正的欧洲，更令我喜爱。那些地方曾经贵为世界霸权，今日却沦为濒临疯狂的俘囚之身。在北美，若想找到这般充满了乡愁的昔时欧洲，恐怕唯有去新奥尔良一隅的维·卡西，亦即所谓的法国区[1]了。

连日的阴天，使我在新奥尔良逗留的那段时光倍感幸福。忙碌穿梭于阴凉的密西西比河的货船、通宵达旦的鸣笛声、灰色的仓库和码头边的起重机，交织出一幅和谐的图景。就连由亮着灯的窗口流泻出来的迪克西兰[2]爵士乐，也和这个城市十分协调。

克里奥尔[3]风格的红砖房屋，每一户都有黑色锻铁勾花的外凸阳台，翠绿的常春藤缠绕旋蔓其上，阳台上方通常架着褪了色的粗纹遮阳布篷。

我在法国市场的露台上喝了茶后，朝迪滨海大道的方向沿街散步。走了约莫一个街区后掉头来到普拉斯·达尔梅斯的转角处时，凉爽的河风突然变得略带暖意，空气中还夹杂着一丝马匹和干草的气味。我四处探看，却没瞧见马的踪影，然而那股气味却在路口的一角缭绕不去。

我仿佛遇见了昔日殖民地时代的老马幽灵。我想象着那匹看不见的马曾经快如一团火球，从细致的蕾丝门帘下奔驰而过；如今却是瘠瘦如柴、老迈、颓累，乃至于几近疯狂地伫立在热闹的街头。

——不久，我在这个路口发现了一块小告示牌，谜底一下子解开了，让我颇为失落。告示牌上写着：

Horse & Buggy Tour leaves here![4]

---

1 美国路易斯安那州纽奥良的最古老的法语街区，法文原名维·卡西（Vieux Carré，意指老广场），目前较常称为法国区（French Quarter）。
2 Dixieland，发源于纽奥良的一种早期爵士乐。
3 Creole，意指美国本地融合了法国、西班牙、德国等欧洲国家的生活与饮食所形成的一种文化。
4 意指"观光马车停靠处"。

巫毒教

我从海地首都太子港的机场搭上出租车，司机是个性情温和的黑人大汉，后来才知道他叫蒙特吉。出租车穿过临海的小镇，飞快地驶向郊外的旅馆。走在路上的白人不多，从穿着即可分辨是来观光的游客。靠海的广场上有个市集，在晨间的强烈阳光下散发出一股异臭。从各地运来的物产种类繁多，各种水果、肉品和渔获，数量惊人。黑人和苍蝇挤满了整个市集。马路的一侧停着一辆辆货车，木造车斗边大大地画着色彩缤纷的花纹图案，看起来真像马戏团的卡车。就是这些货车从四面八方带来了物产和卖家。

我到旅馆卸下行李，立刻又搭着这辆出租车前往欧德特·里果女士的府邸。里果家位于郊外山间的高级住宅区普希翁威尔。市街尽是一片贫穷和杂乱，房屋歪斜，还有穿着褪色破衬衫的黑人露出黝亮的肩头。天气非常炎热，但当车子离开市区，开始驶上山坡时，就感到凉风拂面了。有一段路程夹道两旁的是红花犹存的火焰树。火焰树的花季已过，柔嫩的叶子很像合欢树叶，绿色的长鞘形果实悬垂在叶荫间随风摆荡，忽隐忽现。还有一条路的两边都是桃花心木。

车子开了半个小时，终于看到了奥德特·里果女士的美丽府邸。我推开阿拉伯纹饰的铁门，走上弯曲的石阶，透过门上的防盗猫眼说明来意，便被领进了宽敞的客厅。这间沙龙的中央有两三级阶梯，同样安装了阿拉伯纹饰的厚实门扉和隔扇。拦阻暑气的帘子使得室内略显昏暗，墙上挂着具有考古风格的收藏品、法式大镜子，还有一幅很大的肖像画，画中的黑人面目狰狞。常春藤泛着光泽的叶片从悬吊的盆栽里垂落到地上。屋子里静悄悄的。

奥德特·里果女士现身了。她是法国人，信奉巫毒教。我拿出从纽约带来的介绍信交给她。信里写的是这位日本人很想见识真正的巫毒教仪式，央托她协助安排。

奥德特的英语听起来像法语，不大容易懂。

"现在没办法安排呢。只在这里停留四天，根本不可能看得到巫毒教仪式。上周六倒是举行了一场小型的。今天是周一，但您只能待到周四……"

"听说如果是那种专给观光客看的表演用仪式，很容易就能看得到……"

"那种表演，现在应该也没法举行了。不管多小的集会，都必须事先获得军事委员会的批准才能举行，而且就算拿到批准，有时还是会被临时取消呢。"

"真正的巫毒教仪式会有危险吗？"

"怎么会呢！戴地（她的法语腔把海地发音为戴地）的人们都很温和善良。我第一次去的时候，三更半夜独自一人去到山顶，在星光下参加巫毒教仪式，对我这样一个陌生的白种女人，他们连一根汗毛都没有碰我呢！……不说那个了，我明天一早就外出旅行，不在市内，我帮您写封介绍信给费夏先生，我不在的这段时间，如果有什么好机会，请他务必通知您。不过，最好的办法，就是您亲自去拜会乌贡（巫毒教的大法师）。"

"乌贡会说英语吗？"

"不，只会说法语。不过，如果您能付五十美元，或许他愿意将仪式提早在您停留的期间举行。付钱的方法要委婉一些，不要让对方感到尴尬。假如他招待您，再怎么不合胃口的食物或酒水都不能拒绝，至少要尝一口。何况您是个日本人，不是白人，他应该不会把您拒于门外吧！"

回旅馆的路上，我顺道去了费夏先生经营的商店，商店所在的路段一家家都是舶来品店。费夏先生刚好外出，介绍信只得托店员转交，并请费夏先生拨电话到旅馆给我。

该去的地方都拜访过了，我可以回旅馆吃顿午饭再补个觉了。

蒙特吉的出租车沿着海岸公园向旅馆疾驶。污浊的海浪，促狭地冲拍着公园的可可椰子树根。破损的大理石长椅，歪斜地半躺在遍地纸屑的草坪上。车子沿途循着海湾迂回前行，从椰子树缝间可以瞥见市街隐约的灯火。宫殿的圆顶，码头的钟塔，全都清晰又分明。码头上只泊着一艘黑色的大货轮。

"你听过乌贡这个人吗？"我突然问道。

"没听过。"蒙特吉以蹩脚的英语回答。我把地图摊给他看，他仔细查了又查，地点是找到了，但他坚持那地方既没有巫毒教的会所，更没有所谓的法师。蒙特吉说，他熟悉太子港的每一寸土地，听他的准没错。

过了一会儿，蒙特吉一面大声斥赶几个在马路中央赤足步行的黑人妇女，一面问我：

"先生想看巫毒教的仪式吗？"

"我想看，而且想看真正的巫毒教仪式。"

"先生真幸运，今天晚上刚好有一场真正的巫毒教仪式。我带您去保证安全。九点我开车去旅馆接您。"

我立时精神一振，旋即冷静下来略加思索，想必是所谓的"演给观光客看的巫毒教仪式"。不过，既然连纽约的玛雅·德莲，以及这里的奥德特·里果都告诉过我，即便是"演给观光客看的巫毒教仪式"也鲜少举行，那么这应该是个难得的机会。可我依旧想看到真正的仪式，忍不住频频诘问蒙特吉："你肯定是真正的仪式吗？""当然是真的！"就在我们多番重复问答之际，出租车已经驶进利维拉旅馆的车道了。

旅馆泳池像一把云形尺，繁密的热带植物、椰子树，以及鲜艳的硕大花环绕其周。小蜥蜴的影子不时在草丛里一闪而过。我睡了一小会儿起来，一个人在泳池待了几个小时，或游或歇地打发时间，直到太阳下山。像这样袒裼裸裎地与热带的太阳对话，时间一晃眼就过去了，一点也不会觉得无聊。我喜欢和炙热的太阳对话。我喜欢这种严肃的、眩惑的、完全无须思索的对话……我也喜欢与光泽闪动的可可椰子树叶对话，与栖在叶片上随风摆荡的有着红蓝黄色华丽羽毛的大鹦鹉对话，以及与眼前的加勒比海吹来的海风对话。

那些鹦鹉只在夜里才会进入特制的铁丝网笼里，它们似乎更喜欢在笼子外面勾抓着铁丝网。其中一只鹦鹉一边咕噜咕噜地叫着，勾着铁丝网眼一路下到泳池边的水泥地上。如同人类运用手指一般，它以嘴喙逐一扣住网眼，双爪循序往下踏勾，就这样慢慢向下，终于踩到地面，这才迈开它扁平的大爪走了几步，解出了湿答答的绿色颗粒状粪便……

这时，正在享受阳光的我，忽然感觉有个影子罩住了我。一个打赤膊的白人笑眯眯地向我道午安，原来是费夏先生那里的店员，说是由于太子港的电话不通，他刚巧来游泳，就顺便帮费夏先生带话了。他说：

"不知道什么原因，但费夏先生无法和您见面。"

晚上九点，蒙特吉开车来接我。先前一位旅居多米尼加共和国的日本人来访时，再三提醒我，海地的治安不佳，天黑后千万别一个人出门；其后，又在墨西哥听美国游客说过他在海地目睹过的尸体数目。不久之后，我在新奥尔良读报时，看到海地颁布了戒严令，从晚间十点到隔天清晨四点实施灯火管制，还有一个美国观光客在太子港被殴打致死。这些事件都发生在我离开海地的三星期后。

海地漆黑的夜晚，就和当地居民的肤色一样。杏黄色的灯光，从一间间贫陋的土著小屋里泄了出来。暗夜中，汽车驶在村落的小径上，与芭蕉叶似的阔叶擦刮而过，那刺耳的声响把夜鸟吓得扑翅腾起。不多时，车子在一块空地停了下来。整个村子只有虫鸣唧唧，隐约可以听见巫毒教仪式的鼓声，从近旁的矮树篱飘了过来，实在令人毛骨悚然。

蒙特吉带我走到一家农户门前。原来鼓声是从这里传出来的，而且不单是鼓声，还伴随着歌声，从窗口可以看到屋内亮着灯。门口站着一个长相笨傻的黑人，向我收了一美元的入场费。

我走进去一看，屋里是泥巴地，大约十五六坪，茅草屋顶相当高，贴着三面墙摆放的椅子已经坐着几个先到的美国游客了。屋内的一处角落隔出一个密闭的小房间，里面似乎设有祭坛。

一根顶梁柱立在屋子的正中央，彩绘得十分鲜艳，柱下架着一个四方形的高坛，高度及腰，同样彩绘得相当缤纷。

三名黑汉在另一个角落奏乐，拍敲着形状各异的鼓。

巫毒教仪式的序曲已经开始击奏，一个身穿红色化纤衬衫的祭司负责主导仪式，此人蓄着唇髭，年纪约莫四十。屋里还有一个身着红服的领头巫女，带着六个身着便服的年轻女巫。有个年轻汉子穿着脏污的短袖衬衫与裤子，握着一把墨黑的番刀。另外，两个少女手持旗子，应该是侍童。毋庸赘言，他们都是黑人，而且全都赤足。

距离中央稍远处的另一根柱子上，捆着一只献祭用的黑鸡。

走进屋里的刹那，我的第一印象是鼓点急促又杂乱，参与仪式的人随意合唱，像梦游似的满屋子兜绕，总之，他们仿佛沉浸在轻浮的无秩序之中。我看到其中两个年轻女巫的样貌是纯种非洲土著那种非常愚笨的面孔。她们跳舞时两手提裙，向前弯腰，下巴时扬时压，看起来像是正因呕吐而受苦的模样，那种动作和神态是全然非洲式的。

鼓声停了。

在设有祭坛的小房间门口，映出了烛影。一个没出现过的女巫，单手持着蜡烛，宛如刚被唤醒的黑人公主一般，踏着步伐走出房门外。

其他女巫端着盛有白粉的盘子来到场地中央，跪在祭司面前顶礼。祭司将手中的铃移到盘子上方摇了几下，以铃声净化白粉。他接着就地坐下，用白粉在地面上开始勾描奇特的巫毒教图案。

屋内陷入了静默，只有被捆绑的黑鸡偶尔虚弱地拍打翅膀的声响，划破了一室的沉寂。

祭司首先画出一个与包袱巾一般大小的方形，在方形的里面画上交叉的波浪和点点，于方形的四个顶点朝外勾绘蔓草的纹路，然后在相距一米左右处，画了一对缠在一起接吻的蛇，最后于方形的其中一边，摆上那个年轻汉子一直拿在手里的番刀。

祭司的一只手握着一颗鸡蛋，尖高的祈祷声拖着长长的尾音，开始了难以形容的吟咏独唱，鼓声的伴奏与女巫们的合唱随即加了进来。不久，这片歌声引出了另一个女巫从门口走了进来。

女巫步履蹒跚地走向祭司的摇铃与鸡蛋，眼神愈来愈迷蒙，脚步愈来愈歪斜，在祭司的引导之下被神灵附身了。突然间，她趴伏在地，我看到她黝黑的面颊上沾有干黄土的痕迹。

祭司先把鸡蛋搁在番刀旁边，接着，借由摇铃引导那个倒在地上的女巫。女巫颤抖着扭起了腰肢，闭着眼睛朝着铃声的方向匍匐过去，并且伸长了手想要拿鸡蛋，可惜每次就在即将够着的那一刻，祭司又将鸡蛋挪到更远一点的地方，最后，摆到了地面那幅双蛇接吻图案的蛇头之间。

匍匐向前的女巫，身上又是泥土又是白粉的。两个持旗的少女在她后方交叉旗子，年轻汉子则拾起番刀高举起来，再次跳起方才那种呕吐似的舞步，摇摇晃晃地跟在女巫身后一起移动。

　　女巫的手指终于够到摆在蛇头图案中的鸡蛋了。这时，居然来了一段令人料想不到的表演。始终冷静指引着女巫的祭司，陡地贴着女人身侧伏了下去，会场上的人们旋即抖开一幅圆形的大白布，覆在那两人的身上，并且围在那团蠕动着的白布旁边转圈，狂喜乱舞。

　　不久，白布底下没了动静。

　　下一瞬，白布被掀开，站起身来的祭司猛然扬起鞭子，在空中挥了个响鞭，倒在地上的女巫缓缓地醒了过来，虚弱地回到了神殿里。

　　第一阶段的表演就这样结束了。第二阶段的表演，同样是在祭司奇特的呐喊声中展开。

　　祭司端酒浇到中央的柱子上，以酒献祭。他用的大概是烈酒，倒了酒后拿蜡烛点燃，整根柱子瞬间被蓝色的火焰吞噬，场上映出了诡异的光影。

　　八名女巫围着柱子跳起舞来。蓝色的火焰往上蹿卷，她们争相把手伸进火焰中，将正在燃烧的酒液抹在自己的手臂和面颊上。

　　淡蓝色的火舌，舔舐着细嫩的黑肤手臂和面颊，这一幕景象真是太美了。

　　鼓点愈来愈快。八名女巫一齐被神灵附了身。

　　昏暗的会场迸出动物般的疯狂吼叫，八名女巫痛苦地满地打滚，连黑色的乳房也袒露出来了。不久，女巫们好似在极度兴奋中猝死般趴伏在地，祭司和领头女巫把她们逐一搀起，试着让她们倚在中央柱子的祭坛边，但是，她们身体僵直，总是不听使唤，才刚把一个扶着坐好，马上就滑落在地，整张脸都贴在干土里了。有的女巫像是靠在柱子上的木柴一样硬邦邦的，嘴里还不停地叨念着什么。

祭司再度挥了响鞭，女巫一个个逐渐恢复了神志，退进神殿里，第二阶段就此结束。

第三阶段轮到年轻汉子上场。这个年轻汉子也被神灵附了身，不过他的反应不同于女巫，变得非常粗野，仿佛在和某个肉眼看不见的敌人挥刀奋战。祭司含了满口的酒，不时朝年轻汉子脸上喷洒酒雾，使他愈发陷入狂乱之中。没过多久，年轻汉子终于像死了似的瘫软下来。

祭司也让这个昏迷不醒的年轻汉子倚着柱子，拿鞭绳将他捆在柱上，片刻过后再解开鞭绳，年轻汉子立时苏醒过来。他仍然处于神灵附身的状态之中，指挥着八名女巫，要她们一个一个像陀螺似的边转边走，最后这些女巫全都向他顶礼跪拜。

第四阶段，祭司终于抓起了那只黑鸡。我很紧张，以为他会用血溅仪式来完成这场祭祀。不过，必须先声明，那天夜里终究没有杀掉那只鸡作为献祭，令我大失所望。大概是因为观看表演的人数太少，祭司决定让黑鸡暂时逃过一死，让它再多表演一场，以便节省成本吧。由此可见，这确实是"演给观光客看的巫毒教仪式"，真正的巫毒教仪式会杀掉黑牛犊或山羊当作供品。

然而，祭司抓鸡的手法实在相当残酷。他紧紧地箍住鸡的双脚，在会场里不停甩动，那只鸡在昏暗之中拼死扑腾着翅膀，羽毛满天乱飞，每当翅膀划过妇女们的脸颊时，她们总会发出可怕的尖叫……

遗憾的是，我在海地停留的那段期间，还是没有机会看到真正的巫毒教仪式，只好凭着唯一的线索，亦即奥德特为我手绘的一张地图，独自造访了乌贡的住处。隔天晚上，我得了非常严重的热带性腹泻，耗尽了我全身的气力。

然而,"演给观光客看的巫毒教仪式"也挺不错的。纵使是一场彻头彻尾的表演,在观赏的那段时间里,让我误以为下一秒就要目睹一桩惨剧发生的刹那,确实有过那么两三回。

佛朗明戈的雪白裙摆

西班牙马德里的夜总会"萨姆布拉"。

在这里,可以近距离仔细欣赏佛朗明戈舞者的舞蹈动作,相当有意思。半圆形舞台的后方装饰着巨大的西班牙扇子。这把大得出奇的扇子,显得格外高傲;同样地,舞台上那位独舞的舞者,从她那上了年纪的眼神与表情、曳着白孔雀般的雪白蕾丝裙摆的衣裳、盛气凌人地挺着胸脯的样态,在在无不显得格外高傲。

我发现了佛朗明戈最美丽的刹那。当舞者高举双手拍掌,打起响指,挺着胸脯,踏着富有节奏的步伐朝观众走来,一路走到舞台的边缘,再缓缓地转身背对观众的那个瞬间,最是美丽。

水槽中的热带鱼特别美丽的时刻,就是当它转换游动的方向时,尾鳍飘摆,鱼鳞闪烁的模样,佛朗明戈的舞者也一样。她在舞台地板上拖曳着浪花般的白蕾丝裙摆,宛如一片翻滚的急流,精神紧绷的舞者挺直的背脊支撑着她那美丽的脖颈,相互拍击的双手犹如利刃般指向空中,踩踏着律动节奏的肉体健美而优雅,从我们面前逐渐走向舞台后方。这种快如湍流的舞蹈,就这样离我们逐渐远去。当然,音乐也同样逐渐淡去,但是音乐绝不会背对我们,径自离开。然而,佛朗明戈舞者却只让我们望着她那曳在身后的雪白的长裙摆,比乐声还要决绝,比飞离的鸟影更加鲜明……或许有一天,我将会重游马德里,而此刻的旅人时光,就这样随着舞者响亮的踏步声,一同消逝而去。

(一九五八年三月·《新潮》)

纽约的奇男奇女

塔蜜

芳龄二十上下的塔蜜是个刚入行的女演员,目前正在李·斯特拉斯堡先生和伊力·卡山先生成立的闻名遐迩的演员训练班"演员工作室"[1]学习表演艺术。不过,我不是在"演员工作室"认识她的。我第一次见到她,是在第八街五十四号一家叫"德尼斯"的餐厅兼酒吧,之后也常在这里遇到她。

百老汇最负盛名的餐厅是"萨迪斯",这里常与舞台剧合并举行晚餐秀,人们也会在散场后来这里吃夜宵,还有当红演员与著名剧作家亦会利用这地方共进午餐并且访谈。"德尼斯"的价位则略低一些,被唤作"穷人的萨迪斯",但也称得上是剧坛人士经常光顾的餐厅。在舞台

---

[1] Actors Studio,成立于一九四七年的演员训练班,造就出许多影坛的重量级明星,包括马龙·白兰度、保罗·纽曼、玛丽莲·梦露、艾尔·帕西诺、罗伯特·德尼罗等人。

剧散场后的十一点半左右，百老汇的男女主角时常到这边填填肚子，也有不少客人专程来这里追星，愈晚愈热闹。店里墙上挂满古今名角的肖像照，菜单更是独具一格，比如牛排还分成重量级冠军牛排和轻量级牛排，后者的分量与价格皆宜，每份二美元五十分，美味极了，我经常点用。另外，这里把小羊排命名为舞女特餐。还有一种叫作私生龙的里脊肉，定价三千二百六十七美元五十分，而厚煎鸵鸟蛋卷则是八十五美元六十二分，这些当然只是用来吓唬初次上门的顾客的戏谑之作罢了。

最初是一位制作人带我到这里用餐的，之后又来过好几趟。我很喜欢这家餐厅的氛围，也在这里见到了许多有意思的朋友，诸如在《卡拉马佐夫兄弟》中饰演老爹的演员啦，还有田纳西·威廉斯的弟子、也是最近上演的《蔷薇园中的椰子树》的剧作家啦，以及法兰克·辛纳屈的堂弟、正在学习戏剧表演的迪克·辛纳屈。迪克有个歪鼻子，我本以为是在拳击中受伤的，原来是儿时从高处掉下来摔断了鼻梁。有好一阵子没见他出现，担心他出了什么事，之后才晓得是去动了整形手术。

塔蜜同样是这里的常客，而且是最常光顾的一位。她每天吃过晚饭，大约十点来到这家餐厅，整个晚上一桌聊过一桌，直到拂晓的四点左右，餐厅打烊了，这才回到附近的一栋公寓。塔蜜确实颇受欢迎，每晚一现身，餐厅里就会发出此起彼落的招呼声，交游相当广阔。

塔蜜身材瘦小，有双大眼睛，气色苍白，亚麻色的长发垂至手腕，惯常穿着黑毛衣和紧身七分黑裤，说话沉稳，具有高冷之美，缺点则是下巴较凸，笑起来唇角会出现一些竖纹，感觉不太友善。她有个习惯动作，说话时总是频频把头发拨到肩后，加上只化了淡妆，显得既神秘又稳重。此外，她每天抽五支烟，只喝啤酒，常用干瘦的手指神经质地弹着喇叭状的啤酒杯。

有些朋友喝醉时会玩笑地亲她的白皙脸颊，迪克甚至会直接吻上她的嘴唇。遇到这样的时刻，塔蜜欣然接受的笑意里，似乎还透着一抹俏皮。

舞台剧上演前的评论、演员的近况、新锐剧作家的经历……塔蜜无所不知，侃侃而谈，每每令我大开眼界。

"P·G？哦，他人不在纽约呀，刚刚出发去西海岸旅游啰。"

"那出舞台剧的试演好像不太妙哟，不合波士顿观众的喜好。听说演到第三幕时，台下已走掉一半了。"

塔蜜总能掌握第一手信息，而且全都是尚未见诸报章的内幕消息。

她善于聆听别人的意见，自己也能讲出一套有条有理的戏剧论。"德尼斯"的客人都有一定的水平，一谈起戏剧，个个都是慷慨陈词。当然，闻名的爵士歌手或演员的小道消息，更是严肃话题之间的谈资余兴。

某一晚，塔蜜在家里办了小派对，邀我和几位制作人前去同欢。

"我们要不要带酒去？"我问制作人。

"最好不要。她虽然穷得很，但也很爱面子。"制作人告诉我。

她就住在离餐厅不远处公寓的一室，屋里有个小厨房，床铺占去了大部分的空间。她的房间，她的待客之道，都可用简朴二字来形容。大容量的啤酒很快就喝光了，开车来的一位宾客赶紧冒着雨去买。

在场的宾客全是男士，而陆陆续续到访的人也都是男性。

"你只有男性朋友吗？"

"和女性朋友往来麻烦得很嘛。"

我想，拿同样的问题去问日本女孩，通常也会得到相同的答案。

来客中有两位是希腊人，其中一位是诗人，最近刚出版一部十分前卫的小说。我后来听人说，他以前曾经编辑一本叫作《零》的诗刊，在营运不善时滥开空头支票，不久就消失无踪了。此人性情阴郁，沉默寡言，只用一两个字冷冷地回应别人的询问。派对才到一半，他突然大发脾气，拂袖而去。

这场派对的风云人物是一个高大的年轻演员，看起来也和塔蜜最为亲热。他弹着吉他唱了很多首民谣，塔蜜也跟着一起合唱。唱完之后，她拿出自己的素描习作，请大家批评指教。从头至尾都由宾客张罗一切，塔蜜多半躺在铺着印花床罩的那张床上，好整以暇地伸长了裹着紧身七分裤的双腿。其间，她忽然瞪大那双深褐色的眼眸，转头对我说：

"雨好像愈下愈大了呢！"

——深夜时分，我和制作人走在雨中的人行道上。我向他问道：

"那个很会唱歌的演员是塔蜜现在的情人吗？"

"好像是。不过她在这方面很随性，交往过的男人有好几个。"

"有几个？"

"大概有五十个……对了，我也是其中一个。"

比尔

我经人引见，于某晚前去拜访威廉·L，并在他府上叨扰了一顿晚餐。比尔·L[1]在纽约的戏剧界和上流阶层中是个响当当的人物。

比尔看来约莫四十岁吧。这次拜会，让我得以见识到何谓喜好艺术的纽约富人。

他住在中城东区一栋昂贵的三层楼老公寓，里面只住了两户人家，以前隔壁住的是凯萨琳·赫本[2]。还有，听说法利·格兰杰[3]也常来参加

---

1 比尔·L即是前文提到的威廉·L，英文名字比尔（Bill）是威廉（William）的惯用昵称。
2 Katharine Houghton Hepburn（一九〇七～二〇〇三），美国电影女星。
3 Farley Granger（一九二五～二〇一一），美国电影男星。

他在家里举办的派对，不过我没遇过。

一个黑皮肤的女佣将我领进客厅。这房间并不太大，但豪奢华美的程度令我惊讶。屋子里没有一件物品是量贩货，全都是来自中美洲和东洋的古董，色彩搭配得美极了，家具和地毯也都是最顶级的，壁炉隐隐传来柴火的燃烧声。

不久，他现身了。细格纹的长裤，剪裁合宜的白衬衫底下胸膛微露，下巴蓄着短须。

"Sorry! Sorry! Sorry!"（抱歉！抱歉！抱歉！）

他嗓音洪亮，为自己的未及迎接致歉。比尔的声音总是透着一股坚毅果决。他拥有几家位于第五大道的商店，以及无须亲自管理的公司。他写过一部小说，而且不单是画家，还是室内设计师。然而，他拒绝前述的任何一项头衔。他身上没有一分赘肉。

我们聊起了共同的朋友克里斯托弗·伊舍伍德[1]和田纳西·威廉斯[2]。

我们一致认为，克里斯托弗是个大好人，待人十分体贴，而田纳西也并非外传的性格，其实心地善良又亲切。可是，一旦论及田纳西的文学作品，比尔俨然一副驾着专断独行的马车奔驰于天际似的畅所欲言。

"田纳西根本是现代的D.H.劳伦斯嘛！我的意思是，他们同样都是以最符合当代的感伤主义而风靡一时。那绝不是多愁善感，而是感伤主义！我非常期盼田纳西有一天能够摆脱那种写作风格……"

他撇了撇嘴，继续说道：

---

1 Christopher Isherwood（一九〇四～一九八六），英国小说家，作品多以同性恋为主题，代表作包括《柏林故事》《独身男人》等。
2 本名Thomas Lanier Williams Ⅲ，笔名Tennessee Williams（一九一一～一九八三），美国剧作家，代表作包括《欲望号街车》《热铁皮屋顶上的猫》《玻璃动物园》《玫瑰刺青》等。

"听说田纳西每天早上必定坐在桌前振笔疾书直到中午，实在太累人了。不，是第二帝国时期的。那个时代的家具别有一番趣味，我现在正在搜罗。"比尔答道。

——日后，我也受邀参加了比尔家的派对。我很想知道他为何能有那份坚定的自信，于是请教了与会的人士，并在提问的最后加了这一句话：

"我总觉得比尔有一种神秘的气质。"

一位认识比尔多年的先生这样回答我：

"你问的是比尔吗？他现在有没有变化，我不知道。可我只知道他曾经住在海地一段很长的时间，笃信巫毒教（非洲土著一种以诅咒为中心思想的宗教，如今盛行于海地），也学过巫毒术。听说他曾遭到情人背叛，就在那个情人的照片上扎满了针，下了诅咒呢。"

朵妮雅

在一场派对上，我提到自己见过朵妮雅·Q，其中一位宾客立刻怪叫惊呼起来：

"啥？朵妮雅·Q还活着？"

接下来，大家的话题就转到朵妮雅身上了。

"从前，有个富翁到处告诉别人：世上再没有比朵妮雅那种女人更惹人讨厌的了！可其实他已经爱上了朵妮雅，还为此和妻子离了婚，之后带朵妮雅到伦敦同居了一段日子。那个女人一定会施什么法术。"

"想必她到现在一定还到处施法术喔！"

"那还用说，她信巫毒教嘛！"

"她肯定是个女巫，错不了！"

事实上，朵妮雅属于远离主流的老前卫派。有些人甚至深信她已经不在人世了。

巫毒教的发源地是非洲，后来传入黑人共和国的海地（位于加勒比海的一座岛屿），并且逐渐在美国境内流传。美国以新奥尔良为主要信仰中心，之后是芝加哥，再到纽约，这三座城市都有不少巫毒教的信徒。

有一位宾客转述了这样一段轶闻：

"一个美国人从海地带了一个黑肤女子回到美国纳为小妾，性情极为孤僻。倒霉的是，美国人不知道那个女子是巫毒教的女巫。接下来的两三年间，他的亲朋好友一个个死于非命。这个小妾的房门上挂着一幅海地的门神像，美国人一直以为只是装饰品，直到有一天把它翻到背面一看，上面竟然写着那些死者的姓名。美国人吓破了胆，赶紧和那女子分手了。可是半年后，那个美国人也同样一命呜呼了。"

我前往海地时，原本计划观看真正的巫毒教仪式，而不是那种表演给游客看的冒牌仪式，可惜没能如愿。我在海地首都太子港旅行时住在利维拉旅馆，那家旅馆的经理有个伯父已在海地住了十七年，说是从来不曾看过真正的巫毒教仪式。更不巧的是，想在最近这段时间看到巫毒教仪式无异于缘木求鱼。但这个状况是我出发前往海地之前，才从朵妮雅那里听来的。

我在一个乌云厚重的阴天拜访了朵妮雅·Q。她住在格林尼治村的一栋老房子二楼。我在昏暗的楼梯拾级而上，推开门，出来迎客的是个二十二三岁的青年。

后来才知道，他是个作曲家，和朵妮雅同居，两人是实质上的夫妻。顺带一提，朵妮雅应该至少有五十多岁了。

这地方看来曾经是个工作坊，面向马路的那片墙全是玻璃窗，阴天泛白的光线照出了屋里的尘埃。

朵妮雅正与人通电话，久久没有现身，只有洪亮的嗓门从隔壁房间穿墙而来。

在等候她的这段时间，我细细欣赏了满满一屋子的收藏品。那些收藏品多数是五彩缤纷的壶罐，或赤红或墨黑，大部分绘上左右对称的奇怪纹样，其中有个蓝底缀饰人鱼图案的比较稀奇。左边柜子上的众多黑壶之间，突兀地摆着一顶丝帽，看来甚是怪异。环顾一圈，我方才进屋的门楣上也挂着一只既非面具也不像壶罐的椭圆红色物体。另外，屋里还有七彩大鼓。

终于通话结束的朵妮雅出现了。她身材中等，唯独那一头红发格外引人注目。她头上好似顶着一团胡萝卜色的焰光，发丝卷曲，简直像脸周有一圈光轮朝四面八方喷出火舌。由于发式令人瞠目，以至于我完全不记得她身上的毛衣和裙子是什么颜色的了。她毛衣底下有着一步一颤的巨大乳房，抹着艳红的唇膏，一双大眼十分犀利。

谈话的时候，她会表现出拉丁女子常有的神情：瞪大眼睛，黑珠子落在正中央，周围露出眼白。

她待人亲切，极度热心，坚持己见，说起话来滔滔不绝，但内容有条有理，没有不合逻辑之处。我开门见山地请她介绍我去观看真正的巫毒教仪式。但是当我回答她抵达海地的日期与停留日数之后，她把那头夸张的红发往后一拢，几乎要昏厥过去似的嚷嚷道：

"Oh! Oh!只有五天，还是九月初！Oh! Oh! Just impossible!你别想看到巫毒教仪式了。太蠢了，到底是谁给你安排行程的？快点去改行程，至少要延到十一月才有可能。"

我只好一次又一次地告诉她，行程已经确定，无法再更动了。

"太蠢了！明知道看不成还偏要去海地！"

朵妮雅仔细解释道：自从今年（一九五八年）五月总统被逐出海地之后，海地由军事委员会掌权，落入了"难以置信"的严峻情势。她寄去海地的信统统没有回音，听说海地国内的电话也都断线。凡是国外寄去的信件一律由检阅官扔进大海销毁。再加上从过去的历史可以得知，每当国家政局动荡的时刻，巫毒教仪式便蔚为盛行，因此军事委员会颁发了集会禁令，所有的巫毒教祭典都不准举行。朵妮雅再补充说明，在她皈依巫毒教并且定居的那几年，海地可是个美丽的地方。

问题不单如此，现在原本就不是举办巫毒教仪式的季节，惯例是在十二月举行的。假如等到十二月再去，或许政治局势已趋稳定，也比较可能看到真正的巫毒教仪式。

朵妮雅还强调，外界误传巫毒教是以活人献祭的危险宗教。"你绝对不会遇到危险"——朵妮雅不晓得她这句强力的保证，其实让一心追求刺激的我兴致大减。她说，供品只会屠宰黑山羊或黑牛犊而已。

尽管朵妮雅对我时序不宜的行程颇不以为然，仍为我写了封介绍信。

解决完正事，我们聊起了她那些多到铺天盖地的收藏品。

"这些都是巫毒教的神吧？"

朵妮雅起身走过去解释给我听：

"这种黑色的都是死神。"

"那顶丝帽呢？"

"丝帽是因为土著曾在山里捡到一顶，发现是黑色的，便将它当成死神祭拜。红色的壶全都是战神，那扇门上的是门神，至于那一批农具则是农业之神。"

朵妮雅再带我走进卧房。整面墙漆成一片蓝，并以渔网和许多贝壳做装饰，还摆放了很多海神的壶罐。看来，这对夫妻是在海神守护下入睡的。在神话故事中，海神与战神总是争夺同一个女人……

就在朵妮雅畅谈这些神物的由来时，天色渐渐暗了下来。死神最先隐没在黑暗之中。我想这屋里数量最多的收藏品，应该非死神莫属了。

朵妮雅又给我看了很久以前她主演的前卫电影，风格相当古怪；接着又放映了由她丈夫作曲配乐的芭蕾舞电影，内容是关于希腊众神与星座。我再也受不了这些超乎常理的玩意，便告辞离开了。

——当我在海地只看到了为观光客表演的巫毒教仪式，倍感惋惜地回到纽约时，已是深秋时节。不久，我从一位朋友那里听闻朵妮雅和她那年轻的丈夫分手了。

时序入冬，另一位朋友恰巧又提到了朵妮雅的消息。

"听说他们两人已经分手了。"我说道。

"怎么可能！"他立刻出言反驳，"我昨天才在街上看到他们挽着手走在一起，亲密得很。只要我没认错人，他们两个看起来幸福无比呢。"

（一九五八年四月·《文艺春秋》）

纽约的富人

我在美国听闻的富豪,其财力多半远胜于日本的有钱人,而且听到的消息愈多,愈是令人咋舌,超乎想象。其中之最,莫过于洛克菲勒家族了。去年底,我获邀参加纽约无线电城的电影试映会,与洛克菲勒三世夫妻见了面。试映结束,众人踏出大门,没想到外头居然是倾盆大雨。我当即联想到电影里的一幕——一辆劳斯莱斯高级轿车驶到门前,身穿制服的司机撑起雨伞请主人夫妻上了车。然而此刻在我眼前的这对富豪夫妻,却是被困在雨中不知如何是好,这情景大出我意料之外。不一会儿,有个人机灵地在路边拦下出租车,这对富豪夫妻才得以在慌乱中搭上这台普通的出租车离开了。我想,这就是洛克菲勒三世夫妻博得"平民作风"(?)佳评的由来。

谈起出租车,在纽约最迅捷的交通工具是地铁。高峰时段,搭地铁只要十五分钟就能抵达的地方,乘出租车前去往往就得耗掉一个小时。

尽管如此迅捷，但是大富豪是不搭地铁的，可是乘自家轿车出门又几乎找不到地方停车，结果只好叫出租车了。

有个富翁想了个应对之策。这对富翁夫妻住在市郊的豪宅，夫人常搭火车到纽约看戏，但每一回下了火车走出站外，总是得等上好久才能招到出租车，而且还得排队慢慢等。于是，这个富翁买下一辆奔驰（一款相当昂贵的轿车）改装成出租车。这辆自家用的出租车平时闲置不用，但当夫人一踏出车站，便会分秒不差地驶到夫人面前让她上车。这辆奔驰出租车在纽约十分出名，有回朋友就曾指给我看，告诉我：

"那一辆就是不载客的出租车哟！"

不单如此，富人在餐食上也很讲究。为了招待宾客最上等的法国大餐，家中得雇请一位厨艺精湛的法国厨师。有些富翁单是这样还不满意，甚至为了一场晚宴而不惜出动飞机，请巴黎的一流餐厅于早上烹煮的佳肴，及时运回纽约。我还真想知道，这些菜肴是如何通过海关的。

有一家左轮手枪制造公司的老板死后留下了万贯家财。他的遗孀夜夜噩梦，那些被她丈夫贩售的手枪射杀身亡的人，老是出现在她梦里，不久后，甚至直接以血淋淋的幽灵样貌，在夫人的床头现身，满怀怨恨地说："就是你那个死去的丈夫卖的手枪，把我们害成这样的！"纵使夫人拥有庞大的遗产，但她一心只求自己能够睡得安稳。后来她终于想出了办法，就是雇用木工增建府邸。她认为，只要卧房的近处发出乒乒乓乓的噪音，幽灵应该就不敢来了。因此，夫人高价聘来木工，天天在夜里施工，她这才得以每晚在乒乒乓乓的噪音中入眠，直到过世。当夫人去世时，府邸增建出来的房间数竟然高达一百二十五间。

美国人特别喜欢传讲富人的轶事，并且在传讲的过程渐渐背离事实，变成了一则笑话。而这些关于富人的笑话，内容有无涉及真实的富豪，带给听众的效果完全不同。以下这则笑话便是其中一例。

当知名的泰坦尼克号邮轮撞上冰山时，范德堡夫人[1]（知名的富豪）正在豪华餐厅里品酒。事故发生的前一刻，她刚吩咐服务生再来一杯，并且要求"酒里多加些冰块"。话才刚说完，舷窗就噼里啪啦裂开，巨大的冰块冲了进来。服务生急忙上前协助夫人逃生，却见夫人悠然地拿起眼镜盯着服务生的脸看，开口说道：

"我的确多要了些冰块，可这也未免太大了点吧？"

——我在纽约受邀到某富豪家做客，站在豪华阁楼（屋顶上的房间）的露台上眺望照明辉煌的摩天楼夜景时，主人告诉我：

"我们所在的这栋五十层大厦，整栋都是我的，还有那边正在盖的六十层大厦，也是我的房产。"

当我听他这么说时，心想：就算是说大话，自己这辈子也要豪气地对着宾客说一次看看。

一九五二年去美国时，我受邀前往朱利亚斯·菲莱什曼[2]先生位于佛罗里达的别墅。我们白天参观他私人的植物园，月夜里在属于他的辽阔白沙滩散步，后来又带我到他私人的游艇码头，让我从停在那里的三台摩托艇中选了一台出海钓鱼，这种生活真使我大开眼界。别墅女佣自豪地打开她的衣柜给我看，里面满满的都是衣服，换作在日本，堪称上流阶级了。瞠目结舌的我，向菲莱什曼先生问了一个笨问题：

"请问您究竟有几辆汽车？"

---

[1] 范德堡（Van der Bilt）家族为美国东岸知名的豪门世家，祖先来自荷兰，于一八七三年成立了范德堡大学。
[2] 应指菲氏酵母企业家族中的小朱利亚斯·菲莱什曼（Julius Fleischmann, Jr.，一九〇〇~一九六八），为慈善家，成立了艺术基金会赞助各项艺术文化发展。

"我也不晓得,从来没数过。"

——这就是菲莱什曼先生给我的回答。

(一九五八年四月·《小说公园》增刊)

纽约的穷人

其实，在纽约的那段日子，我原本不必过得那么穷。我曾在纽约待过十天，很清楚这是一个欺贫重富的城市，也明白若是没有钱，根本无法体验到真正的纽约生活。

纵使如此，一天花个三十美元，应该就能过得挺舒适的了。早中晚三餐大约十几美元，住宿费不到十美元。如果想看舞台剧要八至十美元，若是还要上夜总会得花三十美元，女伴至少需二十美元，加上这些开支，三十美元自然不够。总之，一天有个三十美元，已足以过上俭朴中带点小奢侈的生活了。

按照我原先的预算表，不至于把开销压低到一天三十美元，生活也不必过得斤斤计较，不过，这种花费方式，只够让我待到十月下旬。

原本的计划是我八月抵达纽约，整个九月周游加勒比海和墨西哥，十月回到纽约，并且停留到月底。

但是，八月时大致已经谈妥我的《近代能乐集》[1]将在纽约公演了。我非常期待能在《纽约时报》上看到剧作即将演出的相关报道，在旅途中但凡能够取得《纽约时报》的地方，必定买来一读。

在墨西哥也可以买到《纽约时报》的周日版。另外，在美国西南部新墨西哥州的首府圣达菲，居然同样买得到。那是一个宁静的古老小城，秋阳灿烂，我投宿于纯西班牙建筑风格的拉·方达旅馆。这家舒适的小旅馆竟然也提供《纽约时报》的周日版，着实不容小觑。

《纽约时报》出刊一星期后，才会送到圣达菲。

这份《纽约时报》周日版的厚度惊人，约莫和电话簿一般重，我开玩笑说："在美国旅游期间不方便上健身房，我都拿《纽约时报》周日版充作杠铃，练习举重。"

但是，当我买回了这份令人侧目的《纽约时报》后，将影剧版从第一行看到最后一行，却完全没有看到任何一则报道提到我的剧作。返回纽约的日子愈来愈接近，我心底隐隐升起一股不安，忖度着事情是否有了变卦。

十月初回到纽约时，已是秋意正浓，机场夜风冰冷，映入眼帘的枯树就像十一月中旬的东京。我问了前来接机的朋友，他说没听到任何关于舞台剧的消息。

我很讨厌在旅途中老是挂心着工作。最完美的旅行就是什么都不想，浑浑噩噩地度过。被某种期待束缚着的感觉很是烦人。我试着将它抛到脑后，却怎么也忘不了。

回到纽约已是深夜了，因此我等到隔天早上才拨了电话给唐纳德·基恩[2]先生。基恩先生以流利的日语说道：

---

[1] 三岛由纪夫的戏曲集，一九五六年由新潮社出版。
[2] Donald Keene（一九二二～），日籍美国学者，日本文学文化翻译家。

"喔，欢迎回来。听起来一切安好，真是太好了。"

"舞台剧的事怎么样了？"我问道。

"这个嘛，我也没听说。大概还没有什么进展吧。"

他的回答令我火冒三丈。

过了几天，我邀请两位制作人和基恩先生到我的旅馆共进晚餐。

结果在餐聚的前一晚，制作人拨了电话给我，说是希望能提前一个小时先和我碰面。他想在进餐前先与我谈一谈，以免吃饭时气氛尴尬。

K是一位大牌制作人，个性幽默，我和基恩先生都很喜欢他。

K原本是小说家，已经出版过两部小说。他年约三十前后，头脑非常明晰，谈吐相当诙谐，具有贵族气质。

他父亲是富豪，一辈子只管打网球，母亲是意大利的公爵夫人。

K的血液中流淌着奢侈、任性、极度自大，以及一种仿佛会在欧洲电影里出现的轻歌剧风格的浪漫，但是他却在纽约过着独立自主的生活。由于光靠写小说不足以维持生计，K便在CBS电视公司工作。另一个制作人C，就是K的同事。

K总是穿着英国制的西服，提着一只边角都已磨损、在日本只有老保险推销员才用的那种公文包。从这只英国制的公文包，就可以看出K具有无比的自信。

这位红光满面、英俊帅气、喜欢挖苦人，并且精力充沛的制作人，具有博得他人信赖的魅力。

他对我这出剧作的看法相当中肯，基恩先生和我一致同意将这部舞台剧全权交由他安排。

K提前一个小时来到我的旅馆。在亲切的寒暄之后，他施展起出色的辩才，完完全全说服了我们。他说，整个九月期间，他们并没有偷懒。先决之要是觅得一个优秀的导演，而要觅得一个优秀的导演，就必须耐心等待，操之过急绝对无法找到最佳人选。理想的人选是既有名声又有本事，就算退而求其次，也得找到一个有才华的导演。总之，还需等候一段时间。

我赞同了K的这番理论。

当晚，席间气氛融洽。我们谈谈笑笑，K甚至几度揶揄我，说我去西印度群岛和墨西哥的旅行简直像官僚出差似的，行程安排得紧迫又死板。

K说："区区两个星期哪能逛完墨西哥呀，我可是在那里整整待过一年呢！"

他确实曾经浪迹天涯，旅游经验丰富。在他看来，制订旅游计划简直不可思议。

于是，我们对彼此的了解更为深入了。我下定决心，非得在纽约待到年底不可。

我的生活愈来愈节俭，日记本里开始出现大量的数字——"出租车一元，请人吃午餐十三元，喝茶二元五十分，晚餐每人八元，看电影和搭出租车一元五十分，合计二十六元。"即便过着犹如清教徒般的生活，还是得花上二十六美元。

我学会了搭地铁。尽管这回已是第二次住在纽约，但是一开始只要走到地铁口就害怕，怎么也不敢走进去。

有位妇人已在纽约住了一个多月，还不曾搭过地铁。她自信满满地带着我逛街，可是一来到地铁口，同样裹足不前。我提出建议："我们来试搭一次看看吧。"

于是，她和我钻进了昏暗的地铁车站，买了车票，进了闸门，可是接下来就不知该何去何从，只得又走了出来。

然而，情况已不允许我再这样下去了。

朋友带了张地铁路线图给我。

我首先尝试搭到基恩先生的公寓。我认为，凡事只要下定决心，执行起来其实不难。我靠着那张路线图去搭乘，发现地铁站内的方向标示比日本还清楚，每一个转角都标着箭头，就算迷了路，也都能循着路标找到正确的路。

此后，我外出时尽量搭地铁，一天至少可以省下三美元。

十二月初，我搬到了格林尼治村。之后住的那家旅馆位于五十二街的公园大道东面，属于最高级的旅馆，不仅玛丽莲·梦露经常下榻此处，柜台的房客清册上也屡屡出现名字前面冠以"爵士""勋爵""伯爵"等等头衔。

那里的服务十分周到，只是收费昂贵，所以我打算换一家旅馆。

我请亲戚代寻位于格林尼治村的旅馆，并且去看了两三家。

我托对方帮忙找一家最便宜的旅社，去到那里一踏进大门立刻闻到了霉味，接着是一台吓人的电梯把我们送上了四楼。那台电梯只靠一条缆绳升降，因此在上升的过程中，电梯便会随着缆绳的晃动而颤颤巍巍的。

行李员领着我们去到预订的房间。地板倾斜，一颗光秃秃的电灯泡从天花板垂下，四面的壁纸全褪了色，不晓得到底是几十年前贴上的。我很肯定，那种颜色绝不是日照造成的。

房里还摆着一台古怪的电冰箱，表面的白色已经泛黄。行李员得意地打开衣柜让我们看里面的大量衣架。那其实没什么好得意的，因为在美国只要将衣服送洗，洗好的衣服一定是挂在衣架上一起送回来的，衣架自然也就有增无减了。我打量着那个房间，不由得冷汗直淌。那简直是法兰克·辛纳屈主演的电影里，吸毒者被囚禁的房间，抑或是美国的帮派电影中，经常出现在陋巷里的破败旅社。若是住个一晚当作尝鲜倒无所谓，要真住上一个月，真不知道会受到多么严重的心灵创伤。

我现在还不想变成一个吸毒者。

另一个朋友告诉我，格林尼治村里有一家不错的旅馆，房间也算便宜。格林尼治村里的旅馆并不是每一家都是收费低廉的。比方有家叫作第五大道一号旅馆就以奢华著称，而格罗夫纳旅馆也相当昂贵。不过，朋友介绍的这家凡·兰赛雷亚旅馆取的是荷兰名字，坐落位置也是在最高级的东十一街，外观看起来是一家相当不错的旅馆。

我进房间看了一下。室内大小和上一家旅馆差不多，也一样没什么景观可言。一开窗，安全梯就近在眼前。

上一家旅馆不论是晴天或阴天，站在窗前，只能看到在对面大楼的屋顶上咕咕叫着踱步的鸽子，而且想知道外头是晴天还是下雨，非得走出旅馆探看才能晓得，这家旅馆也是如此。不过，这次的住宿费是一天四美元，我立刻订了下来。

柜台的老先生态度和蔼，我真后悔过去住的旅馆太贵了。

我回到格莱史东旅馆办理退房时，这三个月来不曾露出笑容的那个管账的老先生，第一次咧嘴给了我一个大大的微笑，大概是很高兴这个没赚头的房客终于走了。

搬到格林尼治村睡了一晚，早上起来，我按照习惯拨了电话到柜台要求客房服务。

柜台反问我：

"您要哪一种客房服务呢？"

这个回答令我难以置信。在上一家旅馆，只要打电话要客房服务，首先会听到朝气勃勃的一声"早安"，接着请教是否要订早餐，然后不到十五分钟就会有人用手推餐车送来早餐，随着同样朝气勃勃的一句

"先生早安"，便将早餐推进了房里。

这家旅馆的服务生居然没忙着送餐，而是等在柜台接电话。我要了荷包蛋和培根，他先回答："没有。"接着机械式地补充，"只有吐司和咖啡。"我告诉他："那也可以。"讲完电话就在房里等餐。

外面好像正下着雨。我从窗口朝外探看，在大楼缝隙间的一小片天空，看到飘着似有若无的白蒙雨丝。

在大楼阻挡视线下，看起来似乎是小雨，但其实应该已是大雨滂沱。我焦急地足足等了四十分钟。

突然间，有人敲了门。开门一看，一个身材魁梧几乎直达云霄的黑人服务生，穿着湿淋淋的雨衣、戴着湿漉漉的帽子，站在门口。接着，他递给我一只小小的牛皮纸袋。打开一看，里面是包在纸里还有些微温的吐司面包，以及装在纸杯里的咖啡。

我关上门，望着这两件送来的餐点，深深坠入绝望，下定决心不再向这家旅馆订早餐了。我猜这份早餐是服务生去杂货店买来的。

我和制作人以及那位已经敲定的导演之前往来频繁，但在换了旅馆以后就完全断了联系。

原因是他们正在忙着选角。我们已经和剧场签了约将在一月中旬演出，最晚一定要在圣诞节前开始排演。我不想去打扰他们的工作。

除了主角以外，配角都已经陆续定案了。选角方针是只有女主角邀请知名红星担纲演出，其他角色则起用目前还默默无闻但是具有才华的演员。原本已经获得现居于墨西哥的资深电影女星朵乐丝·德里奥[1]的首肯，十一月中旬却忽然接到她婉拒出演的通知，我们只好重新找其他的

---

1 Dolores del Río（一九〇五~一九八三），西班牙裔墨西哥电影女星。

著名女星洽谈。

十一月中,我们在一份《演艺通讯》的报纸刊登选角广告,竟然有近百位年轻演员前来试镜,以每天看五六个人试镜的速度连日密集征选。我也列席了两三次,不过制作人似乎不太愿意让我参与这个过程。

他的考量是有道理的,因为每个试镜的人一走进来,他首先要询问试镜者关于这部剧作的心得。

结果那些年轻演员多半先悄悄瞥了我一眼,然后极力赞美"太好了""非常美""令人震撼"云云。如此一来,就无法评估他们对剧作的理解程度了。

有不少前来试镜的女演员姿色相当出众,换作是在日本,肯定立刻被拔擢为女主角。还有一个容貌酷似詹姆斯·迪恩[1]的青年,他那抬头浅笑时的神韵,简直宛如詹姆斯·迪恩再世。不单如此,他坐立不安的模样,有时拍拍两颊,有时拍拍额头,坐在椅子上晃动身躯,不时露出一抹苦笑,这一切都令人以为恍如詹姆斯·迪恩重返人间了。

接着让这些男女演员们试读几行剧本台词,等试镜者离场以后,我们会各自表示看法,甚至激烈争论。整个过程愉快极了。

我们的制作人和导演非常讨厌演员念台词时,采用时下流行的表演风格,比方像马龙·白兰度那种"演员工作室式"的演绎方式,或是像詹姆斯·迪恩那样的嘟哝抱怨。我也有同感。

我们的舞台剧,必须以最正统并且不夸张的率真风格演出。

试镜结束,我们步行前往制作人的公寓兼办公室。向来厌恶走路的导演J,沿途一直缠着我们央求:"搭出租车嘛,搭出租车嘛……"而

---

[1] James Byron Dean(一九三一~一九五五),美国电影男星。因车祸英年早逝,虽只演过三部电影,仍以鲜明的叛逆青年形象成为影坛中的经典人物。

另一位制作人C则喜欢用力拍他的屁股催他继续走。我们经常兴致高昂地讨论到翌日凌晨两三点。然而，这样欢乐的时光，在我搬到格林尼治村以后已不复见。

我等了一个星期，又等了一个星期，制作人始终没有和我联络。

在舞台剧即将公演的这段时间，如果找朋友出门玩，一定避免不了被问到舞台剧的事，所以我决定在人选与日期底定之前，还是暂时自己一个人躲起来才是上策。于是，我开始独自上街。

身上的钱还算够用，不过，为了延长停留的时日，不能去会花大钱的地方挥霍。即便下着雨，我也不撑伞，只穿上雨衣步行。华盛顿广场的枯树一片湿漉，黄昏的公园长椅上不见人影。那幕景象让我觉得不像身在美国，而是位于欧洲的一个古老城镇。

忽然间，随着一阵吵闹声，五六个学生走过来问路："沙利文街在哪里？"美国人居然在自己的国家找上一个日本人问路，真不懂他们在想什么。

我在格林尼治村已经住了一周，算得上熟门熟路了，便肯定地指了一个方向。

我和他们朝不同的方向继续各自的行程。刚走了一百米左右，我倏然发现自己指错路，把沙利文街误想成了方向相反的谢里登广场，可是那群学生这时候早已远在百米外了。

我只有一件雨衣，送洗时没有其他外套可以换穿。如果这时遇上大雪纷飞就无法外出，就算有人邀约午餐也只好婉谢。

那段期间不巧逢上地铁罢工。有些人从自家到办公室上班得花上一个小时。我倒没什么急事待办，地铁罢工与否和我无关，只管安心地待在旅馆里。

有一回，我走出旅馆的房间准备出门，隔壁房间的门突然打开，一

个约莫六十岁的老太太跑出了房门,喋喋不休地缠着我说道:

"听说你是个小说家呀?"接着谈起她去过日本,日本的风景有多么美,日本人待客有多么亲切云云。这番话翻来覆去地讲了几百万遍,耗时十来分钟。我虽没有赶着办急事,却也绝不情愿让人占用我的十分钟。人们纵使闲来无事,依然不愿意陪伴孤独的人短短的十分钟,甚至会因此而发怒,这种心态实在使人不解。

那对老夫妇常到舒蕾夫特甜品店喝茶。富有的老人家很渴望找人聊天,想说的话都快溢出喉咙外了。

年轻人也好,老年人也罢,有许多都活在孤独之中。因此,年轻人喜欢结伴而行,仿佛炫耀自己脱离了孤独的族群。

大致说来,格林尼治村的有钱人是孤独的,而年轻人是贫穷的,这地方不过是供旅人闲逛溜达,以为可以来上一场冒险。

特别是富有的寡妇,抱着巨额的遗产过着孤独的生活,疑心病日渐严重,以至于错过了再婚的佳缘。她们有句口头禅:"没什么好说的,男人要的根本是我的钱。"这是一种被害妄想症。在美国,百分之九十的男人都喜欢娶个比自己有钱的太太,因此并没有对她们另眼相看。这句口头禅代表的是上了年纪的女人对于年龄的自卑,这样的人想必一辈子都不会感到幸福了。

在这样寂寞的日子里,总是经常下着雪。有几天气温甚至只有华氏十四度,一走到户外,不但眼睛发痛,连脸也冻僵了。

我去拜访一位住在格林尼治村的出版社编辑,他家的中庭十分漂亮,立着一座维纳斯女神的雪雕,还摆着一张木造的安乐椅,椅子上布满了白雪。

十二月十六日,最黑暗的一天。两天前我受邀参加了一场派对,有许多日本人出席,席间众人们纷纷问我:"舞台剧什么时候公演?"我

觉得自己像在接受审问,整晚觉得很不是滋味。到了十二月十六日,我终于拨了电话给导演。他告诉我:

"已经接洽过两三个知名女星,她们都表示没有意愿。假如这个星期之内还不能找到女主角,恐怕就无法如期公演了。"他一反常态,语气分外沉重,仿佛在告知我一则噩耗。

稍早前,我们向财团金主请求追加预算,对方也通知无法再增加资金了。

我渐渐萌生了去意,打算离开纽约。

十二月十七日晚间,我忍不住打电话给制作人C。C处理事情的态度一向比K来得积极。我和他约好在他的公寓兼办公室里碰面,共进晚餐。

可是,当我六点半准时抵达C家,他却还没回来。我在那里意外遇见了K正和经纪人商谈。他一如往常地以磊落的笑容向我打了声招呼:"嘿!"但我觉得他那看似磊落的笑容,似乎有些不自然。

我希望他能向我解释:为何无法顺利找到女主角、为何这出剧必须延期……然而,我很讶异K对这些问题连一个字都没有提。他只语气轻松地问了我:"在格林尼治村住得还好吗?"我回答:"一点也不好。"他说:"住久了就会觉得那地方挺有意思的。"

他旋即继续与经纪人谈论自己的工作。我坐在长椅上,拿起《生活》杂志浏览,里面刊载的全是一些无聊透顶的照片。他们两人的谈话就这么传入我的耳里。

我一直等着K会突然打住,转过头来向我说声"真的很抱歉",可是等了好久,K始终只顾着谈他的工作。后来,K和经纪人谈起了关于K的祖父母一些毫无根据的轶闻。那个经纪人是个聪明人,早就察觉到现场的气氛有些尴尬,刻意提高嗓门,夸张地使用各类感叹词:"噢,天啊!""噢,太好了!""噢,真是不可思议!"……这间安静的公寓里，K沉稳的语气、我的缄默，以及那位经纪人几乎贯破天花板的无稽叫嚷，形成了奇妙的三重奏。

一阵子过后，C回来了。我对K极端地厌恶。K自始至终对我不理不睬，显然是一种逃避的手段。因此，C刚一踏进家门，我就堆满笑容，故作亲昵地与他寒暄了一番。结果K似乎忽然松了一口气。

"听说由纪夫你已经不想和制作人说话了哦？"

"是啊，"我答道，"不过，也不知道可不可以和尊夫人以及你的孩子聊一聊……"接着，我故作爽朗地说道，"问题是，要是和尊夫人说话，难保你会吃醋。但你的孩子才三个月大，还不会说话嘛……"

我们以这个玩笑打开了话匣子，K和代理人随即离去，C坐到我身边，向我坦承目前的状况。他顶了娃娃头的发型，额前泛着油光。

C说，资金筹措的状况不尽理想。由于人造卫星升空[1]导致股价下跌，大家的投资态度转趋保守。想不到人造卫星的升空居然害我蒙受池鱼之殃。

最后，因为某些不可思议的原因，导致无法找到女主角。不单如此，他个人的不幸也接踵而至——担任导演的内弟由于罹癌而摘除了眼球。

这天晚上，我和C边举杯边谈笑。

"说不定是六条御息所[2]的魂魄（我的剧作《葵夫人》[3]里的人物）

---

1 一九五七年十月四日，苏联的人造卫星"斯特普尼克一号"发射升空，成为第一颗进入地球轨道的人造卫星。由于时值美苏冷战，引发了美国华尔街小型股灾等一连串事件。
2 《源氏物语》里的人物，主角光源氏的爱人之一，较光源氏年长八岁。大臣之女，曾为东宫之妃，知书达礼，容貌美丽，但嫉妒心极强，后世不少作品皆根据她的这项性格特征加以发挥。
3 三岛由纪夫根据日本传统能剧谣曲改编而成的现代舞台剧，于一九五四年刊载于《新潮》杂志的一月号，之后收录在三岛由纪夫的戏曲集《近代能乐集》。该剧的时代背景虽是现代，但人物设定与剧情发展都改编自古籍《源氏物语》的第九帖《葵》。

在作祟呢。"

"没错,这部作品被恶灵附体了。"

"真不知道那个恶灵是谁呢,不就是你吗?"

"不不不,我看应该是你。"C回嘴,朝我扬了扬下巴。

我们两人喝着酒,争论了好久究竟是谁被恶灵附身了这个无聊的问题。

那家酒吧有个熟识我们的一个女孩过来问说:"你们在谈什么呀?"我们告诉她:"我们在谈幽灵呢。"

"是哦?我相信世上有幽灵喔。"她回答说。我也一样,觉得好像有种不祥的预兆,心想或许只要我离开,一切就会顺利了。

当晚,我彻夜长考,翌日便以电话订了飞往欧洲的机票。我再也受不了这种穷日子了,不但将经由欧洲转机回日本的机票一律改成头等舱,也把在欧洲的住宿处全都预约了最高级的旅馆。我不想再吃那种装在牛皮纸袋里的早餐了。还有一个原因是,我恰巧得知《鹿鸣馆》[1]将在十五日结束公演,所以我决定必须赶回日本谢幕。

我前去为我出版著作的出版社打了招呼:"我的舞台剧已经无法公演了,要回去了。"结果这件事当天就传到K的耳里。听说K怒火冲天,气得啐道:"现在正值筹措资金的节骨眼上,这家伙居然还散播坏消息,真恨不得扭断他的脖子。"

我真不敢相信K到现在考虑的还是只有他自己,也不客气地回应:

---

[1] 三岛由纪夫创作的四幕戏曲,亦是多次上演的代表作之一,背景是在明治时代新落成的接待外宾会馆鹿鸣馆举办的一场晚会中,一群贵族间的权谋、爱憎与亲情的故事。该剧于一九五六年刊载于《文学界》杂志的十二月号,翌年发行单行本。

"想扭断脖子尽管放马来,我可练过拳击呢。"

接下来的过程略去不提。唐纳德·基恩先生费了不少心力撮合我和K和解。基恩先生是位温厚的绅士,很能体会K的立场,也深知K每天都工作到深夜两点,一直在设法解决重重难题。

在启程的前三天,K邀请我共进晚餐。有点感冒的他穿着鲜艳的红色双排扣大衣。这一晚的他又变回过去那个爽朗的K了,我们双方的误会也冰释了。两人笑着说彼此的性格太像,同样爱面子,以至于闹起了别扭……

这顿晚餐吃得相当愉快。对美食颇为讲究的美食家K挑选的这家法国餐厅很合我的口味。我发现,自己现在之所以能够轻松看待事物,应该是因为几天后就要离开这里了吧。

纽约再也不是我扳着指头数日子,心烦地忖想着"明天该怎么办……""明天又会如何……"的那个牢笼了。如同维里耶·德·李尔·阿当[1]的小说名称《希望带来的折磨》,统统都结束了。我已经接受了所有的一切。虽然我没有告诉高傲的K,但是对于他面对的困难,包括这项企划工作,以及他个人的困难,我由衷感到同情。也许这样的想法过于心软,但撇开我个人的立场,K纵使面临失败亦不怀忧丧志的性格,令我相当敬佩。

我问了K:

"你们制作人,是痛恨作家时比较方便做事,还是喜欢作家时比较方便做事呢?"

---

[1] Auguste Villiers de l'Isle-Adam(一八三八~一八八九),法国象征主义作家、诗人与剧作家,代表作为《未来夏娃》。

K回答道：

"如果制作人痛恨作家，那么当他工作失败时，尽管自己有所损失，但由于觉得那个作家活该，反倒减轻了压力。不过，我们都很喜欢你喔。"

美国人的性格直爽，一旦和解就尽释前嫌。自从那一晚过后，我重拾对K的好感。K亦答应我："就算无法如期举行，但我一定会排除万难，让这部戏在纽约公演。"

——终于到了离开纽约的前晚，K因感冒卧床不起而无法赴约，我和C、基恩先生以及经纪人山姆四个一直喝到了天亮。约莫清晨五点，我在吕班斯餐厅里目睹一位身穿华丽晚礼服的淑女举匙舀汤送到嘴边，但因为太倦了而神志不清，鼻头险些浸在汤匙里了。果真只有在纽约才看得到这样的奇景。

（一九五八年四月·日本）

纽约有感

身在国外，会让我朝思暮想的食物顶多是河豚，其他东西吃不吃得到都无所谓。我认为最幸福的，莫过于这一辈子天天中午和晚间都能吃上西式的全餐了。就这点来看，我很有资格迁居海外。人们总说美国餐食不好吃，那是讹传，至少在旧金山、纽约和新奥尔良这三个城市的许多餐厅，都能享用到佳肴。很多人都说，在美国不管上哪家餐厅，吃起来都是同一种味道，那也是天大的谬误，事实上既有昂贵但难吃的，也有便宜且美味的，不能一口咬定贵的地方东西就好吃。比方加州出产的葡萄酒就不容小觑，还有浇上美式酱汁的烤牛肉更是让人百吃不厌。

我在外国闲来无事，想的就是食物。法国的佳肴和美酿，几乎都是来自修道院的发明，而我过的正是如同修道士般的清静日子，所以一样满脑子都是食物吧。在纽约的那段时光，充分享受了一个新进作家默默无闻的淡泊生活，可是一回到日本又被奉为名人，实在过誉，让我很不习惯。不过，默默无闻时所受到的诸多限制，与身为旅人不需肩负责任的自由自在，这两种矛盾混合成一杯会令人严重宿醉的鸡尾酒，使我总是漂泊不安。

有个美国人告诉我，他听另一位美国人说我为人稳重又善良，这真是天大的误会；不过，万一我的本性其实真如他所描述的，只是在日本装作相反的性格，而这一切都让外国人给看穿了，事态岂不是更糟吗？我暗自忖度：那位美国人该不会认为我刻意装出一副坏人的恶态吧？

纽约天高气爽，在一百多层楼高的摩天楼群之间，隐约可以瞥见蓝天的一角。那些湛蓝的碎片，犹如伊卡洛斯[1]一般，急速坠落到地面雨后的水洼里。单是徒步通过一个街区，就得走上好一阵子，尤其是第五街和第六街之间的距离特别远。像这样行走在市区里，几乎无暇想及自己此刻与大自然毫无交集的概念思维。然而，此时身处的都市丛林，亦不啻为一种世间绝无仅有的残酷的自然样貌。我喜欢这样的纽约。在这里，纵使是深夜三点，还可以看到男人在街上悠然遛狗。

从某种层面来说，纽约的艺术家们或多或少都有点病恹恹的，像日本文人那样的健康宝宝连一个都找不到。但是，纽约的病状，和巴黎或上世纪（二十世纪）末维也纳的病状不完全一样。我认为纽约最值得一看的是市立芭蕾舞团，例如《牢笼》那样相当古老的舞码就让我赞不绝口，那才是美国文化精髓的真正表现，彻底展现了生命力与颓废的完美结合。这个鸡尾酒的国度，最擅长把各种不同调性的酒，成功地调合在

---

[1] 在希腊神话中，伊卡洛斯与父亲背上蜡制的翅膀逃离克里特岛，却因飞得太高，翅膀被太阳晒熔了而跌至海里丧生。此故事的寓意为警惕人们即使攀至巅峰，仍有坠落下来的一天。

画卷记旅　055

一起。在芭蕾舞中出现母蜘蛛与公蜘蛛交配之后吃掉公蜘蛛的场面，只怕寻遍欧洲各国都看不到这样独特的作品。

欧洲的艺术家还没有把颓废与生命力结合在一起，可是在美国，尤其是纽约的艺术家，已经做过这样的实验了。纽约那些病态的艺术家们为求创造出一种独特的文化，不惜献上自己的生命；与此同时，纽约的青少年只为练习枪法，竟在中央公园随机射杀无辜的市民。前者的牺牲与后者的犯罪，透过某种不可解释的力量联结在一起，共同构成了纽约这个世界。

在自家别墅的院子里烤肉、住在游艇上、不穿鞋、喜欢禅修和瑜伽——人们把这些统统归因成美国人对于物质文明和机械文明的逃避。但是，根据我在这个国家所感受到的，应该解释成另一种更加天经地义的动机，也就是活力本身向往与其相反之物。他们下意识地惧怕自己那用不完的活力迟早会创造出某种怪物，所以尽可能把活力耗在无谓的事情上。可是，他们的活力已经全部用来让生活过得舒适，再也没有余力了，于是，只剩下那群诚实的艺术家勇于创造出一头头的怪物来。

即便只是一介旅人，我仍可以切身感受到纽约的艺术氛围弥漫着一股不安。在美国昔日的信仰里，最尊崇的就是活力，因此屈居劣势的理智刻意逆向操作，绘制出活力洋溢的地狱图，并且那帧图不单是一幅讽刺画，更极端美化了活力……我依稀感觉到这两者正迈向同一条道路。任凭再病态、再衰弱的艺术家，亦无法逃离这股源自自身肉体的活力，就连理智性的颓废，也不得不以活力的形态呈现出来。我所谓的生命力与颓废的全面结合，正是这样的体现。

……再回头谈一下烤牛肉。东五十二街的阿尔萧特餐厅，以及华尔道夫旅馆里的孔雀廊餐厅，这两家的烤牛肉美味极了，我至今记忆犹新。不过尽管好吃，我却无法和美国人一样，吃下肚后立刻转化成血肉脂肪，不管我吃得再多，全都不知道上哪里去了。

到头来，我既不如美国艺术家那般病态，也不像日本文人这样健康，大概是介于两者的中间吧。

（一九五八年一月十五日·《朝日新闻》）

纽约的焰火

我从东京出发时，根本没想到会在纽约过年。当然，要是嘴硬，也可以说按表操课的旅游方式最是乏味，而计划赶不上变化正是旅行的乐趣所在。我之所以完全不想当总理大臣，理由就在这里。

我遥念着东京的新年喜景，神采奕奕地在海外过日子。自己之前竟然从没发觉吃饭和睡觉是生命的必备要件，不可以敷衍应付，实在有点蠢。

许多年轻人住在格林尼治村一隅的廉价公寓里，房租每个月十五六美元，没有热水可用。他们只能忍饥耐寒，拼了命创作卖不掉的小说和画作。

我之所以被困在这里，原因是我那出原定于十月上演的舞台戏被展延到了一月份。所幸那群制作班底都是些有意思的家伙，因此不愁没有朋友谈笑。反正他们看不懂日文报纸，我尽可放心大胆地在这里写几句他们的坏话。老实说，制作人凯斯是个孩子王；另一个制作人切兹的性格疯癫；经纪人丹恩懒懒散散的，简直和丹尼·凯[1]是一个模子印出来的；导演吉米在希腊出生，很像法华宗的僧人；舞台设计家休做事总是慢条斯理；此外，还有一位美丽的凯斯夫人安女士（负责服装设计）——这些人根本可以自组成团，演出意大利喜剧了。在这里面正经八百的，只有敝人。

近来，我的英语进步了一些，甚至学会了在电话里痛骂一句"Go to hell!"（毁灭吧！）。不久前，一个下过大雪的深夜两点半，我和前述伙伴在时代广场附近的第八大道醉醺醺地打了一场雪仗，好玩极了，警察也没来制止我们。

听说日本在一九五八年将会陷入通货紧缩，或许在这新年伊始的报纸上谈些不景气的话题也无妨。一般而言，美国的穷人比日本的穷人面临更严峻的考验。大家以为美国的年金制度发达，因此老人退休之后可以不必工作，这样听来虽然不错，但是这些老人该如何度过余生呢？一个寒冷的下午，我和朋友到中央公园散步，走进一处坐落在小山丘上的六角堂式建筑。屋里有暖气，可以免费在里面下西洋棋。腾腾的烟气中，无处可去的老人全都围在棋桌边，深思的面孔布着皱纹……铸铁暖气片旁的长椅上坐满了茫然的老人家。那里看不到日本人坐在檐廊下象棋的热闹，只有一股凄惨的氛围，我们赶紧离开了。

不单是上了年纪的人才会面临此等景况。差不多有一百个年轻人来参加我们舞台剧的选角，其中有个二十岁的年轻人，在这地冻天寒中他只穿了一件旧夹克。导演问了他的经历，他说：

"我本来在纽约学戏剧，后来没有演出的机会，就到洛杉矶继续学

---

[1] Danny Kaye（一九一一~一九八七），美国喜剧演员，以带点傻气又散漫的形象深植人心。

习,也去过好莱坞,可是那里同样找不到演出的机会,连一个角色也拿不到,于是又回到了纽约。这里天气冷,生活过得又苦……"

当我听到他的这段剖白,由衷感受到纽约的严冬是那么的冻寒入骨。

我向来厌恶所谓"专心致志钻研艺术"的清谈高论,那句话呈现出日本特有的空泛的精神主义。可是,在我看着纽约的年轻人时,深深感觉到美国和日本的截然不同,这里的年轻人确实让人觉得是真的很认真地"专心致志钻研艺术"。

前几天,我在即将回国的冈田谦三[1]画家夫妇陪同下,前去参观一位年轻的舞蹈家朵尼亚·斐亚的新作。这支舞发想自艾兹拉·庞德[2]的诗作。我们去她自己的舞蹈室参观排演。据说她曾经随同玛莎·葛兰姆[3]的舞蹈团到过日本,也学习了日本的能乐。

不出我所料,她的舞蹈室位于一栋陋屋的三楼,屋里只有一个角落摆了一张床,可说是一处贫困又乏善可陈的舞蹈室。然而,身穿黑色舞衣的她赤着双足,眼中射出一丝不苟的目光,配合着从录音机播放出的十二音技法[4]的乐曲舞动着,她那气势毅然的姿影实在美极了。窗外的纽约街道,在冬雨淋淋下犹如灰色的石块,唯独她所舞蹈的这个空间里,仿佛有着焰火正在璀璨绽放。我多想不惜一切办法,也要将这把焰火带回日本去。

(一九五八年一月三日·《读卖新闻》)

---

[1] 冈田谦三(一九〇二~一九八二),日本知名的西洋画家,一九五〇年后曾在美国开过几次个展。
[2] Ezra Weston Loomis Pound(一八八五~一九七二),美国诗人、音乐家与评论家,其诗歌具有意象主义。
[3] Martha Graham(一八九四~一九九一),美国舞蹈家与编舞家,现代舞蹈的创始人之一。
[4] 二十世纪古典音乐的一种创作方式。

"野性"和"卫生"的荒野

越过墨西哥与美国的国界

　　国界对我们而言，通常只是一个模糊的概念。如今到海外旅行多半是搭乘飞机，从云层之上飞越过肉眼无法辨识的国界。这趟旅程，是我生平头一回体验地图上那条粗线的国界是在车轮底下压辗而过的。

　　九月一个晴朗的早晨，飞机由墨西哥城的机场起飞。这个机场附设一座饲养孔雀的美丽公园。我听说由此至北方国界的这条航线，不管在多么好的天气里，依然备受乱流干扰。果真，机身的剧烈摇晃超乎想象，再加上着陆技术欠佳，经过途中两次着陆之后，我再也不愿搭乘这个航班了。

　　午后两点多，飞机在一片荒芜中降落了，四周只有红色的岩山。我在那座小机场办完出境手续，带着行李搭上了机场的接驳车。同车的是两对年轻的美国男女，他们一路上聊个不停，我只默默地欣赏初秋暖阳下的荒凉景象。

墨西哥北端的华雷斯城位于美墨边境，与美国的埃尔帕索遥相对望。美国的得州像个楔子般伸到新墨西哥州下方，而埃尔帕索就是在这块楔形地区里的一座城市。只要摊开地图，就可以看到得州宛如使劲推开新墨西哥州，噘努着嘴拼命想和墨西哥接吻的模样。

这天下午，我依依不舍地告别了墨西哥阳光耀眼的原野。这片广袤的大地，至今尚未享有文明的恩泽；这个充满魅力的国度，拥有斗牛、不可思议的玛雅废墟、墨西哥帽、音乐、舞蹈、浓烈的龙舌兰酒，并且融合了诗情与残酷。墨西哥城在节日里丰富的色彩满街翻腾，尤卡坦半岛无尽浓绿丛林上方突出的青黑色玛雅金字塔，这些情景都和那片赤褐色的原野叠映在我的脑海里。

墨西哥的荒野，和我在美国看到的荒野相当不同。美国也有沙漠和辽阔的荒芜之地，但是美国的荒野让人感觉是卫生的，没有那种大自然骇人的恶意。然而，墨西哥的荒野却潜藏着一股黑暗的力量，就连那不知名的赤褐色岩山，看起来也像是奇特的墨西哥土著晒得泛红的面孔。事实上，绝大多数的美国观光客在墨西哥都会生病，我也在尤卡坦半岛患了腹泻，不明原因发高烧。

……不过，这个国家如今也离我愈来愈远了。不知不觉间，荒野变成了农田和绿地，道路两旁是美丽的街树，西班牙风格的华雷斯城，以及一座小斗牛场映入眼帘。由这里继续北行，就看不到斗牛场了，因为美国禁止斗牛。

我很怀念华雷斯城那些西班牙文的广告招牌。从这里往北不远，想必就会出现一整排药房啦，汉堡啦等等毫无风情可言的广告招牌。

从我这个岛国之民的观点，满心以为如此重要的国界必定位于华雷斯城的中心，没想到车子忽然停下来，吓了我一跳。只见接驳车停在一座狭窄的小铁桥前，不晓得要不要开过去。桥下是一条毫不起眼又污秽的河川，后来我才知道，原来这条可怜兮兮的大河，居然就是鼎鼎大名的格兰德河[1]。

海关官员要求我们出示护照。那两对男女骄傲地自称美国公民，这样就通过了查验，只有我一个人被叫下了车。我来到桥下一道水泥长廊，独自蹒跚地走了进去，只见一座庞大而干净的手扶梯矗立在眼前，仿佛无言地喝令我必须踏上去。

手扶梯载着我来到顶端，出现了一个具有美国风格的大厅，简素又干净。喔，我已经来到美国了！我在这里等了一个小时办理入境手续，对面的窗口始终排着一长列的墨西哥人，大概是等着申请另一种签证。在这间美国式的办公室里，那些墨西哥人倏然丧失了威严，显得无力与肮脏。

我总算领到入境许可，离开这栋建筑，一个爽朗而高大的美国官员满面笑容地直接拿粉笔在我的行李画上一个白色的记号，并没有打开来看上一眼。一个墨西哥人走上前向我收取车资，我定睛一看，原来是方才那辆接驳车的司机。我忘记付车钱了。他说给美金或墨币都可以，我给了他墨西哥币。

我带着行李搭上一辆美国的出租车。现在已和司机语言相通，于是我们谈笑风生，还听这位司机发表了一番爱国言论。我问他左手边那座颇具墨西哥风格的怪异的红色岩山，期待他告诉我一个西班牙式的名

---

[1] Rio Grande，起源于美国科罗拉多州的圣胡安山脉，于埃尔帕索开始成为美墨两国的界河，继续东流注入墨西哥湾。

称，结果他的回答居然是"林肯山"，让我相当失望。

"您看那边，那就是国界喔！"

司机指向右手边。那里有条小河流过，铁丝网在小河的对岸一直延伸到很远的地方，而铁丝网的后方就是墨西哥辽阔的原野，在阳光的照射下显得闪闪发亮。

那边是还未开垦的处女地，但这边已是平坦而先进的银色公路，上方高高挂着明确的标志指向四面八方。路上行驶的车子都很安静，出租车也不会随意按喇叭，就这么一辆辆驶向肃然且干净的埃尔帕索。

飞往阿布奎基的班机还要过一段时间才会起飞，我到一家汽车旅馆要了一个房间，然后上餐馆吃饭。一切都是干干净净的。一想到总算可以放心饮用生水了，于是灌下一肚子甜美的美国生水。

女服务生露出冷冰冰的职业性笑容提供制式化的周到服务，自动唱片点唱机播着纽约最新上演的音乐剧主题曲。我真的已经身在美国了。

我招来服务生结账，询问能否把没用完的墨西哥币换成美金。女服务生傲气十足地回我一句：

"We use American money！"[1]

——再怎么说，我总还上过小学，区区这点道理当然懂呀……

（一九五八年一月三十日·《日本经济新闻》）

---

[1] 意指"我们只收美金！"

还活在旧时代里的小镇

北美密西西比州有个小镇叫纳切斯,那里保留了许多南北战争以前的美丽建筑。

纳切斯的镇民当初誓死抵抗北军,勇敢地拒绝劝降。结果,有一枚炮弹炸中了某一户的窗玻璃,他们立刻举起了白旗。镇民们常挂在嘴边的一句话:"要说起战前,咱们镇里不知有多好……"话中的"战前"二字指的是南北战争之前。

这个镇上的居民非常看重家世门第。比方巴士的乘客随口问了司机的家世,赫然得知司机出身名门,这位乘客在下车时会摘下帽子,尊敬地向司机致谢。

想要造访这个还活在旧时代里的城镇,唯一的交通方式只有搭飞机。原因是从前有一段时期,美国有许多富人都住在这里,那时镇上曾通过一项"不希望火车通过本镇"的决议,并且给了铁路公司一笔钱,要求铁路不得穿过镇上,从此以后,这里的镇民就没见过火车了。听说世居该地的人迄今还会脱口说出"说起我家的奴隶呀……"之类的话呢。

有一座美丽而古老的府邸名为"罗萨利",现在依然住着家族后代的一位老婆婆。只要付一美金,她就会领着游客参观宅内。可惜她的南方口音太重,我一句也听不懂。

庭院里满地都是摇摆走晃的鸭子,看不到叶子的彼岸花在灿烂的秋阳下绽放着艳红。院子正中央有个老旧的日晷,自从"战争以来"就停了,此刻看来更显得百无聊赖。

(一九五八年一月二十七日·《每日新闻》)

太子港（海地首都）

我从报上读到，黑人共和国海地的首都太子港，在我离开不久之后发布了戒严令。美国人之所以喜欢到海地玩，原因在于从纽约只要搭上几小时的飞机，就能到达一个充满非洲气息的国度。那里确实保留了许多非洲的东西，只有极少数富裕的知识阶层黑人不与一般民众往来，他们谈论的是拉辛和莫里哀。

这座城市建在山腰间，在那里贩卖的东西脏得令人吃惊。有干牛肠、干羊肠，还有鱼干，上面满是苍蝇。不管是在像金桔似的腰果果实、又小又圆的青柠檬上，还是面包和甜点上，总是落满了苍蝇，苍蝇仿佛成了必备的调味料似的。这里也可以看到牵着黑猪或山羊，还有骑在驴背上的妇女。

我在市区搭出租车时，半路突然有个男人举手拦车，径自上来坐在我旁边，还命令司机开去他的目的地，最后连车钱也没付就扬长而去了。我简直目瞪口呆,连生气都没来得及。之后问了司机,说是当地的移民官,只能听由他横行霸道。

我在海滨公园可可椰子树下,眺望着暮色中的加勒比海悠闲散步时,经常有光着脚丫的孩子追上来唤住我:"You are Pan-Americn? Give me Money!"[1]

(一九五八年一月二十一日·《每日新闻》)

---

[1] 这句的意思是"你是泛美主义者?给我钱!"

美国的研究所学生

有一天我喝多了,想走一走醒醒酒,恰巧和一群美国的研究所学生一同踏进位于格林尼治村旁的一间教会。进去一看,里面摆着今晚教会活动的节目单。其中一个学生拿起来看了看,突然哈哈大笑起来,把手中的那张节目单递给我,也不管一脸摸不着头绪的牧师就在面前,一群人既没捐献也没打招呼,就这么自顾自地大声笑着走了出去。这些学生让我看得直摇头。

那张传单的最上方画有轰炸机和一位在天上飞翔的白马骑士,骑士手拿麦克风大喊:"觉醒吧,美国!赤祸就要来了!"旁边还有由某某人教唱爱国歌曲的宣传字样:"《觉醒吧,美国》——激励士气的军歌"。

下一个是由顶尖爵士乐队演奏的余兴节目。

最后是一场重要演讲,讲题是《美国主义对共产主义》。节目单上写着"今晚的活动免费入场""会员招收中"和"晚间八点举行"的文字,下方还有一行警语:"神正在审视着我们这些美国人究竟有没有决心誓死维护自己的生活方式!"

——离开教会后,我们到已故作家托马斯·曼常去的一家酒吧"白宫"喝到很晚,把那些学生给我看节目单的事,完全抛到脑后了。

(一九五八年一月二十四日·《每日新闻》)

多米尼加政府的水舞表演

多米尼加共和国首都特鲁希略城[1]是个美丽又安静的城市。

在造访多米尼加之前,常有美国人警告我:在多米尼加国内千万别提到"dictator"(独裁者)这个词,要是时运不佳,说不定会被抓去暗中杀掉呢。不过,等我到了该国,发现情况不如想象的严重,百姓反而很高兴能享有独裁者带来的安定生活。

这个国家的政府想必非常有钱,居然由政府出资打造水舞表演,壮观的程度深深震撼了观光客,连我都是首开眼界。水舞的规模非常庞

---

[1] 多米尼加共和国在军事强人拉斐尔·特鲁希略(Rafael Leonidas Trujillo Molina,一八九一~一九六一)自一九三〇年起实质统治多米尼加长达三十年,并于此段期间将首都圣多明哥(Santo Domingo)改名为特鲁希略城(Ciudad Trujillo),但现在已改回圣多明各的旧称。

大，简直可以容纳一整座明治神宫外苑的美术馆[1]，表演配上立体声的交响乐，一喷冲天的水柱，在五颜六色的灯光照明下，呈现出千变万化的狂舞。小型的喷水表演我倒见过，但不曾看到如此壮观、华丽的大型展演。细密的水沫像雾一般蒙上了脸，实在没办法站在近处观赏的。观众顶多只有二三十人，分坐在散置各处的桌座，悠闲地喝着可口可乐欣赏水舞。这样的演出若是由私人企业经营，绝对要亏本的。

有天黄昏，我沿着滨海的步道随意走走，看见停着几辆晶晶亮亮的汽车和摩托车，一位貌似将军的人物正在看海，胸前佩着闪亮的勋章。听说那就是特鲁希略元帅本人，他每天都会在幕僚和随扈的护卫下出门散步。

（一九五八年一月二十八日·《每日新闻》）

---

[1] 即圣德纪念绘画馆，于一九二六年落成启用，占地面积约四千七百平方米，主要馆藏为明治天皇的史料画作，列属日本的重要文化资产。

奇特的首都哈瓦那

　　古巴首都哈瓦那是个奇特的地方。美国游客常来这地方观光，热闹又繁荣。这里有号称世界第一的夜总会"热带花园"并且附设大赌场，还有连在纽约也看不到的豪华歌舞表演。在平民区有一家名叫"上海"的低俗歌舞厅，甚至公然收门票，播映色情电影。

　　与此同时，藏匿在山区的反政府军经常派遣手下在这个享乐天堂的市中心引爆定时炸弹。按照常理判断，这种做法会伤及无辜（据说在"热带花园夜总会"发生的爆炸案，就造成一个美丽姑娘失去了手臂），应该会引发民众对反政府军的不满，但是反政府军认为，这样做可以让民众了解目前的政府没有维持治安的能力。这种逻辑听起来似是而非。

　　不过，所谓的手下通常是临时工，甚至有用三美元雇来的女学生。她们把小型的定时炸弹装设在剧场的舞台边、厕所里，或是夜总会的门口，装设完毕以后，佯装若无其事似的离开现场，这样就算顺利完成任务了。可是，据说也有好几个女学生因为操作失当，拿在手上时就爆炸身亡了。

尽管如此，哈瓦那的天空依然湛蓝无比，而古巴人晶黑的眼眸，也仿佛只为了官能享受。

（一九五八年一月二十九日·《每日新闻》）

造访演员工作室

　　承蒙唐纳德·基恩先生的朋友——知名制作人切莉尔·克劳福德女士的引介,我得以参访这间声名远播的演员工作室。这里是培育出马龙·白兰度和詹姆斯·迪恩的摇篮地,也是玛丽莲·梦露的改造工厂。

　　顺带提一下詹姆斯·迪恩。不久之前,我到詹姆斯常去用餐的第五十四街的杰利斯餐馆,坐在迪恩惯坐的角落。座位上方的架子摆着一只葬礼用的花篮,花朵早已干枯,篮子系有黑色的缎带,缎带上写着"献给逝去的吉米·迪恩[1]影迷敬挽"。老服务生卢涅出来接待,他曾在电影《詹姆斯·迪恩的故事》亲自出演本人的角色。我还告诉卢涅,吉

---

[1] 吉米·迪恩即是前文提到的詹姆斯·迪恩,英文名字吉米(Jimmy)是詹姆斯(James)的惯用昵称。

米的头号日本影迷是小森和子[1]女士。

——把话题拉回来。演员工作室的地址是西四十四街的四三二号,从百老汇大道的剧场街经过三四个街区,再朝西走就到了。在前往的路上,我边走边回想在纽约时听到的关于这个工作室的许多传闻。这个工作室几乎已经成为一个传奇,在我们这一行有不少机会听到对它的种种中伤。演员工作室常被当作笑话中的嘲讽对象,而斯特拉斯伯格[2]先生被塑造成一位固执己见的戏剧之神。

他是唯一现存的斯坦尼斯拉夫斯基[3]流派的教祖,而且应该说是他在融入自己独创的方法论之后,依然坚称那就是最正统的斯坦尼斯拉夫斯基流派。这种心态有点类似日本花道或茶道的学员,嫉妒老师卓越的成就。另外,据说他为了让学员练习如何扮丑剧中人物,曾把学员带到动物园模仿动物的表情动作。

演员工作室是以旧教堂改建并漆成白色的一栋建筑,论其规模,大约与日本剧团"文学座"相仿,不过这里是石造建物。入口设在地下楼层。推门而入,迎面的墙上挂着一幅第十五代羽左卫门的相框剧照。那是他饰演勘平时,在山崎古道那个段落出场的扮相,生动的表情让人望之畏惧。

出来接待的女秘书说:"这是我看过的日本歌舞伎剧照中,最美的一张。"

---

1 小森和子(一九〇九~二〇〇五),日本艺人与电影评论家,以詹姆斯·迪恩的狂热影迷著称,甚至有过这样的轶闻:当她得知三岛由纪夫曾经造访詹姆斯·迪恩常去的酒吧餐馆,并且坐过詹姆斯·迪恩惯坐的座位,甚至要求三岛由纪夫把当时身上穿的裤子送给她。
2 Lee Strasberg(一九〇一~一九八二),美国演员、导演与戏剧讲师。
3 Konstantin Sergeyevich Stanislavsky(一八六三~一九三八),俄国戏剧和表演理论家,其独创的演剧体系对戏剧有极大的影响。

不仅如此，另一面墙上还挂饰一条梅花留白的染布手巾，以及两幅脸谱。一幅是歌右卫门袭名为中村芝翫的时代所饰演的樱丸，另一幅则是松本幸四郎袭名为市川染五郎的时代所饰演的梅王丸。我仿佛陷入时空的错觉中，感觉自己回到了昨天刚看的那部电影《樱花恋》[1]的时代里。

由于我抵达的时间迟了一些，斯特拉斯伯格先生已经开始上课了。只要再等十分钟，课程进入开放讨论的段落，我就可以进去教室了。墙上贴着缮打的学员名单，旁边还有一张课程表。斯特拉斯伯格先生的课排在今天（十一月十九日）星期四[2]和星期五的十一点到一点，艾蒂安·德克鲁[3]的哑剧课排在星期三和星期四的相同时段，爱丽丝·哈姆的演讲课排在星期五的两点以后，这几门都是从十月份新学期开始的课程。今天的斯特拉斯伯格先生的课程大纲上写的是这两出戏剧：

I	罗伯兹 史蒂文斯	《奔向自由》
II	波尔逊 伯斯旺斯	《海鸥》

---

1 由马龙·白兰度主演的美国电影，英文片名为 Sayonara，一九五七年十二月五日于美国首映，描述朝鲜战争时期一个日本女子与美国军人在日本苦恋的爱情故事。
2 此处的时间序列有待考据。作者三岛由纪夫于本文前述段落提到，他昨天了电影《樱花恋》，该片于美国的首映日期为一九五七年十二月五日，而根据文末标注的发表日期，这篇文章于一九五七年十二月十七及十八日刊载于《东京新闻》，由此推论，参观演员工作室的日期应介于十二月五日至十二月十七日之间，而非文内所写的十一月十九日，并且，一九五七年十一月十九日是星期二，不是星期四。或者，三岛由纪夫确实于十一月十九日至演员工作室参观，但在十二月五日电影上映之后的某一天看完电影后才撰写本文，写至此段落时有感而发；另一种解释为三岛由纪夫受邀观赏该片的试映会，因此在十二月五日正式上映前已看过此片。至于参观当日是星期几，可能于事后撰文时察看日历时有误。
3 Etienne Decroux（一八九八～一九九一），法国现代哑剧大师。

经过询问，原来斯特拉斯伯格先生上课的方式是先让学员预习，然后演出其中的几场戏，之后再共同讨论。我需等候他们完成第I阶段才能进去教室里。《奔向自由》不晓得是谁的作品，至于第二部戏《海鸥》无须赘言，自然是契诃夫的作品。

会客室里有个迟到的女学员手里拿着一束玫瑰花，频频嗅着花香。这里还有个小厨房，至于厕所标牌上的文字不是男人、女人，而是男孩、女孩，颇具学校的作风。

终于被允许进入教室了。我上楼打开门，正面有一道没有封顶的砖墙，教室是一个半圆形的大讲堂，后方有上下两层座席，大约六十几个学员围着讲台而坐，正中央的第一排可以瞥见斯特拉斯伯格先生光秃的头顶。

刚表演完《奔向自由》的两个学员正坐在舞台（其实只是略微垫高的平台）的长椅上，滔滔不绝地陈述自己演技呈现的手法，并且回答斯特拉斯伯格先生其间提出的尖锐质问。

这段陈述与问答结束以后，学员可举手发言，或由斯特拉斯伯格先生指名发表意见，前后差不多三十分钟，有七八个台下的学员提出意见或批评。最后是斯特拉斯伯格先生用二三十分钟的时间向全体学员做总结的讲评。

"你们展现的是演员工作室风格的演技，但这称不上真正自然的演技。"当斯特拉斯伯格先生斥责台上的学员时，台下居然有男学员在打呵欠，也有女学员在削苹果皮，不过多数人在讨论过程中都相当认真又踊跃。

接下来轮到《海鸥》。学员整理了舞台，摆上一张长椅，也略为调整灯光。出场人物的名字我忘记了，总之是那位小说家对着崇拜艺术家的少女说一大段冗长台词的场面。小说家径自讲完把少女比喻为《海鸥》那则短篇小说的大纲之后离开,少女不禁掩面哀叹,"这真是一场梦哪!"这段排演大约花了二十分钟。

饰演小说家的学员是个优哉游哉的美国青年,怎么看都不像帝俄末期的小说家;少女则十分清纯可人,真希望能有像她这样的女演员加入日本的文学座剧团。不过,这两位都演得相当好。日本的新学员说起台词常是结结巴巴的,两只手也不知道该摆在哪里好。这里的学员则充分运用日常生活经验,恰如其分地以手、指、眼流露表情,而且也下足了功夫事前预习,台词流畅,让我看了一场好戏。

表演结束之后开始评论,发言内容完全不留情面。多数人只一味称赞少女,对小说家则大肆批评,这时出现了一位女学员为他平反:"我不懂,为什么少女听到那么知名的小说家把成功贬抑为如此悲惨之事时,却没有流露出大受打击的神情动作。难道是刻意不让对方知道自己受到了打击吗?"站在舞台上的少女理直气壮地回答:"对,我故意这样演的。"

最后,斯特拉斯伯格先生强调了放松的重要性。舞台上的学员则辩解说,他也尝试这么做,但就是无法放开来让演技更自然。

——写到这里,我的这份参观报告未免有些虎头蛇尾。那是因为斯特拉斯伯格先生口若悬河,说得又快又急,我听不太懂。尽管无法在此忠实重现他的原音,不过就我现场听起来的感觉,他并没有讲述什么奇特的观点,也没有传授演戏的新招或窍门,都是一些相当基础的演技理论。

临去前,秘书介绍我和斯特拉斯伯格先生认识,寒暄了几句。乍见之下是一位体形比丸冈明[1]先生稍大、令人望之生畏的老先生,其他没有

---

1 丸冈明(一九〇七~一九六八),日本小说家。

什么特别的感觉。

——回程路上,纽约西城的天色欲雨,学员们三三两两地结伴而行,忽然间其中几人推开便宜餐馆的大门拐了进去,点唱机的乐音随着门缝传了出来。

(一九五七年十二月十七、十八日·《东京新闻》)

纽约市芭蕾舞团

纽约市芭蕾舞团令我深感赞叹，忍不住逢人就推荐。如有机会到纽约，请务必前往观赏。这支充满雄心壮志的舞团，每天晚上在市立中心表演具有高度实验性质的前卫舞码给上千名观众欣赏。纵使有市政府拨款补助，能在这条路上坚持下去依然相当不容易。更何况挹注的预算仅仅是杯水车薪，新创作舞码的舞台设计和服装费用都必须尽量节约。毋庸赘言，纽约市芭蕾舞团的灵魂人物是编舞家巴兰钦[1]。我曾在他的一篇文章中读过他以厨师自居，叙述"如何以最精简的费用做出最美味的佳肴"的用心良苦。

这次市芭蕾舞团参加的第二十届纽约艺术季，自去年十一月十九日

---

[1] George Balanchine（一九〇四～一九八三），美籍俄国舞蹈家与编舞家，纽约市芭蕾舞团创办人，被誉为"美国芭蕾舞之父"。

起至今年一月十九日,前后长达九个星期。不过也有可能延长更久才结束,我不确定。接着从十月份起是市歌剧团的演出,结束之后便轮到市芭蕾舞团的表演季了。本季的新作有斯特拉文斯基的《阿贡》和古诺的《古诺交响乐》,以及《方块舞》和《星条旗》。《阿贡》是博得好评的新作,可惜我没看到。此外,还有全新排演与编舞的保留舞码,譬如斯特拉文斯基的《阿波罗》和门德尔松的《苏格兰交响乐》。这两出舞码我看过了,前者确实令人叫绝。若无例外,在表演季中通常每天都有场次。圣诞节安排的是全幕芭蕾舞剧《胡桃夹子》,亦是公演次数最多的一出舞码。除此之外,每天大致安排四场,场间休息三次,每次十五分钟,从八点半到十一点左右演完。

目前纽约市芭蕾舞团的首席舞者是安德烈·伊格雷夫斯基,我看了由他领衔演出的《苏格兰交响曲》,可惜舞姿已经难掩颓龄。其他的舞者阵容如下:女舞者包括玛丽亚·托尔契夫、戴安娜·亚当斯、派翠西亚·王尔德、梅莉莎·荷顿、伊凡娜·蒙吉、艾莲格拉·肯特;男舞者包括尼可拉斯·马格拉涅斯、法兰西斯科·蒙西欧恩、哈佛·普林斯、托德·波连达、罗伊·托拜亚司、杰克·丹波。他们也都是独舞者。

以下仅就我看过的舞码,挑出几出简短介绍如下:

《牢笼》(斯特拉文斯基作曲 杰洛米·罗宾斯编舞)

这是经常来日本演出的诺拉·凯颇受好评的作品。现在诺拉·凯已经退团,由加拿大的芭蕾舞者梅莉莎·荷顿以及墨西哥的男舞者尼可拉斯·马格拉涅斯担纲演出。报纸评论认为缺乏当年首演时的震撼力,但对第一次看到的我来说,仍然深受冲击。

帷幕升起，舞台以黑幕布置，昏暗的舞台上只有一面从天花板垂下来的大蜘蛛网。十二个穿着肉色紧身衣的母蜘蛛出场，紧接着是头戴一顶大得吓人的红假发蜘蛛女王现身。她们围着刚刚破茧而出的小母蜘蛛（梅莉莎·荷顿饰），训练她身为母蜘蛛应尽的本分，以及性交之后必须杀死并吃掉公蜘蛛。

小母蜘蛛虽然才刚孵化出来，却已经媚态尽现。苍白的灯光打在许多公蜘蛛的身上，这些赤裸着上身的躯体泛着滑溜且病态的白光，搭上灰色的紧身裤，酝酿出一股诡异的氛围。

舞台上只剩下小母蜘蛛一人。这时，一个公蜘蛛从舞台右方出场，小母蜘蛛毫不理睬，一脚踢死了他。接着，一个魁梧且赤膊的公蜘蛛（尼可拉斯·马格拉涅斯饰）上场，小母蜘蛛首度尝到了爱情的滋味，然后展开了一段阴森森、黏腻腻的双人舞，以极度煽情的舞姿（坊间脱衣舞表演的煽情程度根本无法相提并论），呈现出令人张口结舌的蜘蛛性行为。

关键时刻到来，蜘蛛女率领十二只母蜘蛛出现，将这对爱侣团团围住。小母蜘蛛起初百般不舍地试图保护公蜘蛛，可是不久之后野性发作，进入杀死公蜘蛛的阶段了。这段杀戮的舞蹈既残酷又可怕，公蜘蛛轮番和母蜘蛛逐一交战，渐显疲态，终于遭到自己的情人一击毙命，沦为那群母蜘蛛的口下亡魂了。这出舞码将男性的受虐倾向和女性的虐待倾向发挥得淋漓尽致，我从未看过如此充满性爱与战栗意味的芭蕾舞。

《阿波罗》（斯特拉文斯基作曲 巴兰钦编舞）

这是一支单纯、简素且清纯的杰作。年轻的杰克·丹波首度被拔擢为与舞码同名的男主角，博得评论家的一致佳评。丹波不但年轻，浑

画卷记旅　083

身散发出野性，肉体充满力与美，正是现代阿波罗的不二人选，若是再加上神格和威严，简直就是阿波罗再世了。第一幕以不受拘束的舞蹈，呈现出阿波罗的调皮、随性与傲慢。舞台以黑色的布幕为背景，黑幕前方横放着黑色的台阶，右方摆上一张阿波罗的座椅，布置与道具仅此而已，丹波穿的也只是练习用的舞衣。我相信这与赛尔朱·利法尔初演时的状况一定大不相同。

帷幕升起之后，阿波罗的母亲勒托在舞台中央的台阶上承受阵痛的折磨。两位侍女陪伴着全身以白布裹成木乃伊似的阿波罗趋近台阶下方，侍女以手卷取白布，露出了上身赤膊、下穿黑色紧身裤的阿波罗。

这时，灯光转暗。阿波罗穿上白衬衫出现，做了一长段独舞与跳跃。接着，三位缪思出场（同样穿着纯白的练习用舞衣），阿波罗依序分别授予她们竖琴、面具和纸张（是否代表乐谱？）。缪思先是逐一独舞，再与阿波罗合舞，将阿波罗青春的活力、喜悦与威严展露无遗。直到现在，我眼前依然清晰浮现着两幕场景。一幕是阿波罗从身后搂着三位缪思，将手叠在她们的手上，模仿驭马而行。由于三缪思身穿白衣，阿波罗俨然驾着三匹白马的太阳车，从年轻气盛的形象变成英姿焕发。另一幕则是结尾时，阿波罗在三位缪思簇拥下，登上台阶的顶端，昂然于金色的光芒中，只手擎天。

《牧神的午后前奏曲》（德彪西作曲 杰洛米·罗宾斯编舞）

纽约市芭蕾舞团的《牧神的午后前奏曲》令我大为震慑。帷幕升起后，舞台呈现的是芭蕾舞排练室的场景。从天花板垂下一顶像四方形蚊帐似的白纱幕，这顶纱幕围出来的空间就是排练室。门扉口、窗户和镜子以挖空的方式表现，练舞用的扶杆则绘于墙壁的内侧，背景是极深的藏青色。正中央躺着一位穿黑色紧身裤的赤膊男子，那就是牧神。牧神是个自恋的舞者，而镜子则象征观众。虽然只有一位仙女出场，但这位身穿水蓝色舞衣的仙女从藏青色的背景里现身，进入纯白的排练室的刹那，真是美极了。接下来他们一起跳了一段很长的双人舞，带有情色的挑逗意味。仙女连围巾都没有留下，就这么离开了。这出舞码描述的是芭蕾舞排练室一个充满官能性的无聊午后。

《西部交响曲》（赫尔希·凯作曲 巴兰钦编舞）

这是一个意外的收获。舞台以昏黄的西部街道作为背景，由各组不同的牛仔与娼妇，舞出了快板、慢板、谐谑曲、回旋曲等四部乐章，运用纯古典的芭蕾技巧，谱成了一支欢快的舞码。让牛仔和娼妇跳古典芭蕾的构想相当独特，其间适时穿插一些滑稽的趣味，但又不是生搬硬套，因而得以在古典芭蕾的表演中，自然而然地逗得观众发出笑声。

除此之外，我还欣赏了由斯特拉文斯基作曲，巴兰钦编舞，伊萨姆·诺古切设计舞台的《奥菲斯》；伊格雷夫斯基主演的《苏格兰交响曲》；梅诺戴作词作曲，约翰·佩托拉编舞的《独角兽和蛇发女妖与蝎狮》；以及适合儿童观赏的《胡桃夹子》（我最赞赏做梦那个场景的舞台效果！房间里的圣诞树突然长高，房间也跟着变大，少女的床在胡桃夹子偶人的领路下走向雪地）。另外，我也看了几支短舞，碍于篇幅有限，只好暂且割爱。

不过，观赏过这几出现代芭蕾之后，我有两点感触。第一是现代芭蕾不再只是速度和爆发力的组合，在编舞之中，处处流露出湿滑黏腻的官能性，但在技巧上亦做了高度复杂的安排，从而将速度和爆发力烘托得更为鲜活。不论是《牢笼》的双人舞，还是《奥菲斯》里即将离开地狱时，没有回头的奥菲斯，与想要回头的尤丽狄斯[1]，两人在长长的布幔前纠缠交叠的双人舞，抑或是《独角兽和蛇发女妖与蝎狮》的最后一幕，当诗人在三头怪物围绕之下，唱着歌（由幕后代唱）死去的情景，在在都可以窥见极度复杂的编舞技巧。

第二点，现代芭蕾中有不少男舞者托举男舞者的舞蹈场面。在《奥菲斯》中，黑天使托举着奥菲斯跳舞；还有在《独角兽和蛇发女妖与蝎狮》里，亦有诗人托举怪物舞蹈，以及怪物托举即将死去的诗人跳舞的场景。当诗人托举象征老人的蝎狮跳舞时，那个怪物像一头老猫似的动作蹒跚，那模样非常逗趣。

今年春天，纽约市芭蕾舞团即将到日本公演，这消息令我喜出望外。但愿这支舞团的造访，能为日本传统舞蹈界注入活水。

（一九五八年三月·《艺术新潮》）

---

1 此处应为作者三岛由纪夫的笔误，想回头探看的人应是奥菲斯。根据《奥菲斯》的神话故事，冥王黑帝斯同意让奥菲斯带妻子尤丽狄斯重返人间，条件是两人回到地面之前，奥菲斯绝不能回头看尤丽狄斯。高兴的奥菲斯急急走在前方，一路强忍着想回头看妻子有无跟随在身后的欲望，就在他抵达地面的刹那，欣喜地回头一看，不料尤丽狄斯还差了几步尚未抵达，于是尤丽狄斯就在这一瞬间被无形的力量拉回了地狱。

美国的音乐剧

我是在一九五七年的七月抵达纽约的。我到国外的第一件事，必定是立刻到票券预售处购买戏剧的入场券。当我发现，夏季期间有营业的剧场上演的几乎都是音乐剧，不禁大吃一惊。不过，那种盛况当然很可能只在旺季结束以后才会出现。因为卖座极佳的音乐剧，有时也会长期演出，甚至延长到旺季结束后还继续上演。旺季时，在百老汇各剧场上演音乐剧的比例，差不多占整体的三分之一。

众所周知，纽约的剧场可以概分成两种，一种称为百老汇剧场，另一种称为外百老汇剧场。在百老汇大道上的剧场通常可以容纳一千人上下，在日本属于中型剧场，范围大致从百老汇大道与西四十二街的交叉口，亦即时代广场那一带，一直延伸到西五十七街左右，分布于这条斜向纵贯曼哈顿岛的百老汇大道的东西两侧，在旺季高峰期间大约有二十五家剧场同时开演。至于位在百老汇大道之外的剧场也差不多是二十五家，在旺季高峰期间甚至高达五十家竞相争鸣。在巴黎，剧场的盛况亦不遑多让，这才是剧坛应有的样貌；反观日本剧场的惨淡萧条，委实让人心寒不已。外百老汇的小剧场多半可以容纳一百五十至两百人，这样的小剧场在日本根本不敷成本，但纽约因为有长期演出的音乐剧，所以还能持续经营。

不过，也有例外。例如凤凰剧场，虽然坐落在第二大道和第十二街交会处，也就是一家远在下城区的小剧场，但由于其制作规模浩大，因此也被归类为百老汇剧场。

外百老汇剧场较少上演音乐剧。纽约的精英阶层不屑观赏音乐剧，反而比较喜欢看外百老汇那种高级的实验戏剧。不过，也有百老汇剧场会上演奥尼尔的《进入黑夜的漫长旅程》，也就是像日本的"新剧"[1]那样的舞台剧。大致上，百老汇剧场的剧目可以视为戏剧里的中间小说[2]，在技术上也相当纯熟，多数观众是观光客，因此就以现状而言，百老汇相当于音乐剧的同义词。我之所以喜欢音乐剧是因为没有语言障碍，就算听不懂，依然可以享受音乐剧的种种细节与巧思。

接下来，我想就曾经观赏过的音乐剧做个介绍。美国和日本的节目单最大的不同，就是没有刊登剧情简介。由于我在看音乐剧时，并没有特别留意这一点，因此以下介绍的故事大纲难免会出现一些错误。

---

[1] 明治末期以后，受到西欧现代戏剧影响而兴起的话剧，与传统的歌舞伎和新派剧不同。
[2] 二十世纪后期日本小说的一种类型，介于纯文学与通俗小说之间。

一 《追寻快乐》（*Happy Hunting*）

剧本　霍华·林赛　罗素·克鲁兹　共同编写
音乐　哈洛得·卡
作词　麦特·杜比
作曲　艾比·巴罗兹
主演　埃塞尔·默尔曼[1]　费尔南多·拉玛斯[2]

不消多说，女主角埃塞尔·默尔曼就是百老汇音乐剧《安妮，拿起你的枪》的领衔主演，虽然已经有些年纪，仍然被尊为音乐剧的女王。她那老练世故的架势、倨傲骄慢的演技，以及纯粹纽约作风的洗练的喜剧才能，我们这些外国观众也完全可以接受。

一九五二年，我在纽约看过她主演的《风流贵妇》（*Call Me Madam*）。那出音乐剧是以美国派驻欧洲某个小国的女大使作为主角，相当具有古典歌剧的风格，使我回想起儿时看过的维也纳轻歌剧的电影。此行我一抵达纽约，买下的第一张音乐剧门票就是埃塞尔·默尔曼的《追寻快乐》，听说这部戏已经持续公演将近一年了。

《追寻快乐》是比《风流贵妇》更具古典形式的音乐剧。故事大纲是这样的，一位费城社交界的夫人带着女儿到欧洲旅行，旅途中与西班牙的格拉纳达公爵（费南度·拉玛斯饰）结为好友，在返家的船程中，友情发展为爱情，但夫人误会公爵是为了钱财而求婚，以为他想迎娶有

---

1 Ethel Merman（一九〇八～一九八四），美国歌星、影星与舞台剧演员，享有"百老汇女王"的美誉。
2 Fernando Lamas（一九一五～一九八二），阿根廷影星与导演。

钱的寡妇来过上无忧无虑的生活，两人因而起了一些争执。最后的场景转到费城，在充满轻歌剧风格的情境中落幕。整部戏流于公式化，卖点在于嘲弄费城守旧的社交界士绅名媛的虚荣心、傲慢和趋炎附势，以及讽刺在欧洲名门贵族面前，那些所谓上流人士的暴发户心态表露无遗。该剧的一首歌曲 *Mutual Admiration Society* 听来格外欢乐，剧终那场舞会跳的探戈也相当优美。不过，整部剧宛如埃塞尔·默尔曼一个人的独角戏，剧本的乏善可陈更是不值一提，恐怕唯命是从的编剧是按照埃塞尔·默尔曼的详细指示，为她量身打造成一场个人舞台表演。因此，即使我充分享受了埃塞尔·默尔曼精湛的演技，仍然觉得少了点什么。我刚到纽约就急急奔来看这场音乐剧，如此结果未免令我失望。事实上，去年这出音乐剧一开演就饱受恶评，完全是靠着埃塞尔·默尔曼的名气才得以继续上演。

二 《最快乐的家伙》（*The Most Happy Fella*）

根据薛尼·霍华的《他们知道自己要的是什么》（*They Knew What They Wanted*）的舞台剧改编而成。

作词、作曲　法兰克·列萨

剧本、导演　约瑟夫·安索尼

编舞　丹尼亚·克鲁普司卡

主演　罗伯特·韦德[1]

---

1 Robert Weede（一九〇三～一九七二），美国男中音。

《追寻快乐》让我相当失望,但这部《最快乐的家伙》却令我非常感动。纽约的精英阶层批评这出音乐剧过度流于感性,但看惯了新派戏的我觉得还好,这样的程度拿捏应该是最受日本人喜爱的。

故事发生在一个意大利裔美国人的农场,秃头中年男子东尼(罗伯特·韦德饰)想要透过照片相亲,讨个太太。可是他对自己的相貌感到自卑,于是偷偷借用农场雇用的一个年轻男工的照片拿去寄给相亲的对象。对方是旧金山的餐馆女服务生伊莎贝拉(乔·莎莉班饰),她看上了影中人的长相与资产,答应结婚,来到了农场,恰巧遇见照片中的那个年轻男工,出于爱意而紧紧抱住他,不晓得事情始末的年轻男工顿时不知所措。没多久,伊莎贝拉发现竟是农场老板耍花招诱骗她前来,伤心之余想要离开,可又已经爱上了照片中的年轻男工,一时难以下定决心。已是中年的东尼虽然谢顶又丑陋,但个性体贴又风趣,眼下娶得了美娇娘,让他高兴得见人就嚷着自己是"the most happy fella",也就是最快乐的家伙。就在忙乱的婚礼中,喝醉的他从屋顶摔下来跌断了腿,新娘立刻沦为现成的看护,不得不照顾这个只能坐在扶手椅上由她推着到处走的新郎。伊莎贝拉心里虽然不愿接受东尼是丈夫的事实,在照料的这段日子却渐渐被他的面陋心美所吸引,对孤独的他从同情转为柏拉图式的爱情。可是,两人还是无法相处融洽,她终于与照片里的年轻男工相爱,有了肌肤之亲,并且怀了孩子。这时候,伊莎贝拉曾工作过的餐馆里的同事——这个同事是丑角,也担任本剧故事讲述者的角色——也来到这个农场,伊莎贝拉向同事坦白了一切,认为既然已经怀孕,只能悄悄地离开这里。就在这个节骨眼,东尼出现并且得知了真相,当场斥骂伊莎贝拉,一方面对她的不贞勃然大怒,也痛心地细诉对她的用情至深。东尼让伊莎贝拉离开,片刻过后又反悔了,带着手枪追到车站,可能是想射杀伊莎贝拉和那个要与她私奔的年轻男工,岂料那个年轻男工居然扔下她不管，径自搭上了开往相反方向的火车离开了。东尼懊悔自己不该带枪，试图挽留正要坐上火车的伊莎贝拉，并在逐渐披笼的暮色中，沉浸在伊莎贝拉的柏拉图式爱情里，而伊莎贝拉也终于觉醒过来，明白这个丑陋的中年男子对自己浓烈的爱情。东尼原谅了她的一切，伊莎贝拉也回到东尼的怀抱了。于是，东尼又见人就嚷着自己是"the most happy fella"，也就是最快乐的家伙。

当然，这个剧名含有讽刺的意味，这部戏最后就在东尼的狂喜，与黄昏的火车站所暗喻的哀愁中落幕。这出戏与其说是音乐剧，其实更接近意大利的轻歌剧，舞台设计的感觉比较接近意大利歌剧的《丑角》《乡村骑士》或其他的意大利轻歌剧，爵士乐的元素不多，尤其是三个厨师以三重唱的方式唱起*Abbondanza*这首歌时，完全是纯意大利喜剧式的三重唱，而厨师们的名字也起了朱札培、巴斯奎雷与奇曹这类意大利的名字。美国的音乐剧根据同业公会的规定，一律于八点半开场、十一点多结束，所以通常都是双幕剧，不过这部音乐剧则是三幕剧。

第一幕是没有换幕的连续四场戏，各场的场景如下：

第一场　旧金山的餐馆，一九二七年。

第二场　加州纳帕谷的热闹街上，四月。

第三场　东尼的厨房，第二场的几星期后。

第四场　东尼的前院，接着第三场之后。

第二幕：

第一场　葡萄园，五月。

第二场　和第一场相同场景的五月底。

第三场　葡萄园，六月。

第四场　厨房。

第三幕：
　　第一场　一个小时后的厨房。
　　第二场　纳帕谷的车站。

　　这出音乐剧的趣味在于，整个故事洋溢着对于浓烈爱情的意大利歌剧式自暴自弃、对爱情的渴望与被人发现了自己的爱意，从而诱发了女人的复仇、激烈的三角关系、男人的嫉妒这种种同样属于意大利式的强烈情感，而音乐和舞蹈也都带有意大利歌剧的风格，这尤其与二十世纪二十年代，美国西岸葡萄园充斥着意大利移民的实况十分吻合，相当程度地反映了这个国家国际化的一面，但又融入了当地的生活，一切都显得顺理成章。

　　舞台设计非常美丽，葡萄园向晚时分的风情，特别是落幕时被笼罩在雾霭中的乡村火车站，那一幕远景令我终生难忘。男主角罗伯特·韦德不仅是位杰出的男中音，其外表样貌也与剧中角色浑然一体，戏骨的美誉当之无愧。

三　《窈窕淑女》(*My Fair Lady*)

　　根据萧伯纳的戏剧《卖花女》改编而成。
　　作曲　弗雷德里克·路威
　　剧本、作词　亚兰·杰伊·拉纳
　　导演　摩斯·哈特
　　编舞　史丹利·哈洛威
　　服装　雪歇尔·威登

画卷记旅　093

主演　雷克斯·哈里森[1]　朱莉·安德鲁斯[2]

在我此行出发前，《窈窕淑女》这出音乐剧在日本同样佳评如潮，盛况空前。据传，《窈窕淑女》大受欢迎，一票难求，原价不到十美元的入场券曾经飙涨到将近一百美元。

有此一说。某妇人半年前就买到票，满心欢喜地数日子等着看戏。这一天终于来临，她眉飞色舞地到了剧场。过了不久，戏已经开演了，但是自己旁边的座席却还是空的，这让她十分介意。

哪有那么傻的人买到了《窈窕淑女》的票，却不来剧场的呢？她等了又等，邻座的人始终没有出现，害这位妇人愈想愈恼，连戏都没能专心观赏。到了中场休息，妇人再也按捺不下，向空位另一边的妇人搭了话：

"哎，这位子的人真傻，怎会买了《窈窕淑女》的票却不来看呀？"

另一边的妇人告诉她：

"这是我丈夫的座位。"

"哦，是吗？那么您先生为什么没来呢？"

"先夫昨天过世了。"

"哎呀，请节哀。"致意之后，这位妇人仍不死心，继续追问，"可是好不容易才买到的票，怎么不请个亲戚来看，多可惜呀！"

"因为今天所有的亲戚都参加葬礼去了。"

"？"

……

《窈窕淑女》受欢迎的程度，甚至让人编出了这种颇有纽约诙谐风

---

[1] Rex Harrison（一九〇八~一九九〇），英国影星与舞台剧演员。
[2] Julie Andrews（一九三五~），英国影星、歌星与舞台剧演员。

格的笑话来。虽说是捏造的笑话，不过在纽约那种地方，发生这种事倒也不无可能。

出版拙作的克诺普出版社总编辑斯特劳斯先生为我预订了一张票。他的秘书打电话给该剧的制作人，说是有位知名的日本剧作家来访，诓称这位日本剧作家要撰写一本探讨美国戏剧的著作，请制作人无论如何都要匀出一个座位，这才帮我拿到了入场券。《窈窕淑女》长期公演，票房不坠，我抵达纽约的时候听说还得加价快五十美元才买得到。即使在我离开纽约的十二月份，依然很难买到票，我想差不多要加价三十美元左右。在观赏这出音乐剧时，我还不明白为何会造成那么大的轰动，直到看了几部其他的音乐剧之后，才了解这部戏果真不同凡响。不单剧本精彩和演技精湛，更是每一个最高水平的细节，集结成舞台上的杰出成果。雪歇尔·威登设计的绚烂服装，重现了伊丽莎白王朝时代的风俗，令人赏心悦目；雷克斯·哈里森的绝妙演技，确实是其他剧组难望其项背。最重要的是，这是一部适合成年人观赏的音乐剧，不论是喜欢音乐剧的人，或是喜欢舞台剧的人，都可以充分享受到这出戏的娱乐性。

第一幕　一九一二年的伦敦

　　第一场　柯芬园，歌剧院外，寒冷的三月夜晚。
　　第二场　公寓街，接着第一场之后。
　　第三场　希金斯教授的书房，翌日早晨。
　　第四场　公寓街，三天后。
　　第五场　希金斯教授的书房，当天晚间。
　　第六场　雅士谷马场附近，六月的午后。
　　第七场　雅士谷马场的俱乐部的帐篷下，接着第六场之后。
　　第八场　希金斯教授宅邸外面，温布尔大街，当天接近傍晚。

第九场　希金斯教授的书房，六星期后。

第十场　大使馆的步道，当天深夜。

第十一场　大使馆的舞厅，接着第十场之后。中场休息十五分钟。

第二幕

第一场　希金斯教授的书房，翌日清晨三点。

第二场　希金斯教授宅邸外面，温布尔大街，接着第一场之后。

第三场　柯芬园的花卉市场，当天清晨五点。

第四场　希金斯教授宅邸的二楼，当天早上十二点。

第五场　希金斯老夫人宅邸的温室，当日晚间。

第六场　希金斯教授宅邸外面，温布尔大街，接着第五场之后。

第七场　希金斯教授的书房，接着第六场之后。

故事是这样的，希金斯教授是位富有的语言学家，某天看完歌剧后，巧遇一个卖花的少女，并且受到这美丽少女的吸引，不禁燃起雄心壮志，要将这少女培育成一位完美的仕女，于是提议愿意义务为少女矫正中下阶层用的伦敦土腔。出身下町贫民区的少女伊莱莎·杜立特（朱莉·安德鲁斯饰）是个倔强的野丫头，在矫正的过程中不断与希金斯教授发生争执，最后终于改掉那口伦敦土腔，能够说出正确而优美的英语，蜕变成一位美若天仙的优雅女子。在成功达成任务之后，与萧伯纳的原作相同，希金斯教授爱上了自己亲手调教出来的对象，并且决定带她正式进入社交界，选定在赛马场的场合介绍这位名媛给上流社会的人士。伊莱莎果真没有辜负希金斯教授的辛苦，以高雅而精准的英语对答如流。没想到的是，伊莱莎忽然唐突地提起一个不雅的粗俗话题，所幸不懂底层人物用语的那些上流人士，误以为她说的是时下年轻人隐晦的暗语，反倒十分佩服，愈发尊敬她了。随着日子过去，伊莱莎厌倦了自已被当作洋娃娃,甚至被视为偶像,于是抛下了深爱她的教授,离开了希金斯家。还好,在了解事情来龙去脉的希金斯老夫人开导之下,让她回到因失恋而陷入绝望的希金斯教授身边,从此过着幸福快乐的日子。

这部戏的配角有各式各样的人物,包括希金斯教授友人的一个风趣的花花公子,以及托了希金斯教授的福而摇身假扮成绅士的伊莱莎父亲等等,不过主角仍是雷克斯·哈里森饰演的希金斯教授,以及朱莉·安德鲁斯饰演的伊莱莎。

这出音乐剧的第一幕采用快速转换场景的技巧,把舞台分为左右两个区块,透过演员在希金斯教授宅邸外面和书房这两个场景之间的来回穿梭,表现希金斯教授为伊莱莎矫正土腔的整个过程。这段过程的配曲,都是在教导伊莱莎正确英语时,由希金斯教授演唱的。最后,当彻底改掉了伊莱莎的伦敦土腔,希金斯教授和他的朋友以及伊莱莎一起欣喜演唱。我印象最深的三重唱是 *With a Little Bit of Luck* 这一首,还有方才提到的三个人一起欣喜演唱的 *The Rain in Spain*[1](《西班牙的雨》)。就连无法听懂矫正过程中文字诙谐表现的我,也能充分享受到这三人为伊莱莎终于改掉土腔而欢天喜地三重唱的美妙乐音,以及所谓音乐剧精髓的戏剧与音乐合而为一时带来的巅峰效应。这出音乐剧具有各式各样的元素,足以让男女观众同时产生共鸣。当那个脏兮兮的粗俗野丫头——卖花少女伊莱莎,在第一幕的最后为了参加舞会而穿上希金斯教授买给她的晚礼服,从二楼步下楼梯时,已经变身为一位理想的美人,让观众由衷赞叹,达到了很好的戏剧效果。

顺带一提,雷克斯·哈里森是英国妇女公认的性感偶像。我们虽然看不懂他什么地方性感,不过,他那潇洒圆熟的风韵、足以与日本

---

1 此处作者三岛由纪夫写的是 In the Rain of Spain,应是笔误。

的第六代菊五郎媲美的细腻举止,以及恰如其分的喜剧式演技,无不令我啧啧称奇。他演唱的每一首歌都经过对剧中的角色揣摩,忠实地呈现了希金斯教授的性格,充满轻蔑不屑的傲气。就这点而言,这出音乐剧与《最快乐的家伙》正好是两种相反的类型。转眼间赛马的季节又将来临,那些美丽动人的欧美社交名媛,使我想起日本舞台剧里跑龙套的女演员们,不由得感到绝望。

四 《小镇的新女郎》(*New Girl in Town*)

根据尤金·欧尼尔《安娜·克莉丝蒂》的舞台剧改编。
剧本、导演　乔治·阿波特
作词、作曲　鲍伯·梅里
主演　格温·沃顿[1]、瑟尔玛·瑞特[2]

这一部也是二十世纪初,发生在美国一个码头小镇的亲情悲剧。故事结构十分单纯,老船长有个女儿早年离家出走,没想到竟在外面成了一个娼妓。如今女儿回来了,但老船长却不知该如何是好,最后温柔地欢迎女儿回到家里。不过,剧中还安排了一个大而化之的大婶角色名叫玛菲(瑟尔玛·瑞特饰),兼具故事讲述人的身份。最后,老船长与玛菲重修旧好,也答应让女儿和年轻的男友结婚,有了快乐的结局。

这是一部美国人的怀旧音乐剧,可惜的是,我们外国观众对那个特

---

[1] Gwen Verdon(一九二五~二〇〇〇),美国音乐剧演员。
[2] Thelma Ritter(一九〇五~一九六五),美国影星。

别的时代与特别的风俗，无法同样涌起怀旧之感。这就好比让西洋人来看日本鹿鸣馆[1]时代的风俗，顶多只觉得有些稀奇罢了。很不幸，我对于这出音乐剧的印象，只有老酒吧的道具挺有意思，还有饰演豪气干云的大婶的瑟尔玛·瑞特，以沙哑的声音诠释喜剧式的演技而已。

五 《南太平洋》（*South Pacific*）

我曾于一九五二年在纽约看过《南太平洋》。虽然已经不是由原班人马演出，但依然在百老汇长期公演。由于那是我观赏的第一部音乐剧，其安排合度的完整的趣味性和合理的人性，反倒使我产生了反感。最后，使我留下印象的，只有在耳畔萦绕不去的那首美丽的主题曲 *Bali Ha'i* 而已。我原本没打算重看这部戏，只是刚好朋友邀我一起去紧邻纽约的新泽西州一个叫兰伯特维尔的地方，说是那里正逢夏日电影季，没想到舟车劳顿抵达一看，今晚上演的居然是《南太平洋》，让我有些失望。每逢夏天，纽约的周边就会出现许多夏季巡演的剧团，为那些到别墅度假的人们以及周末开车出游避暑的纽约市民，演出百老汇已经下档的二轮音乐剧或二轮舞台剧。这些夏季巡演的剧团也会到美国各地公演，年轻演员正好能利用这段时间磨炼演技，星探也会利用这个机会发掘有才华的演员，可以说是美国戏剧界的年度重要大事。同一时段，距离纽约市区不远处，也有一些地方演出莎士比亚的作品，称为莎翁艺术节。此外，纽约市区的中央公园在夏日夜晚，也有由市政府主办演出的莎士比亚戏剧和音乐剧供民众免费观赏，担任演出的多数是上过大学的

---

[1] 于明治时代落成的接待外宾会馆。

人组成的业余剧团。中央公园里有一处面池而建的模仿古莎士比亚时代的剧场,我曾在这里的星空下,看过某个剧团手持扩音器演出的《麦克白》。当时满场的观众连长椅都不够坐,便在池畔的草坪铺上手帕,席地看戏。遇到飞机在上空飞过时,就算对着扩音器大吼,莎士比亚所写的台词还是断断续续的,听不分明。那场《麦克白》里有一幕是从巫婆炼制魔药的锅子里蹿升火焰的景象,成了我在中央公园一个夏夜里留下的美好记忆。

关于《南太平洋》,我们开了两三个小时的车,才到达兰伯特维尔这个不太热闹的小镇,这出音乐剧就是在这里上演的。这段车程,我们先在平坦的公路上开了许久,接着穿过森林,之后才远远地望见一座缀着灯饰的摩天轮在夏日昏黄的天空下旋转。车子开过去一看,在帐篷搭成的剧场下方有一处宽敞的停车场,里面停着数百辆汽车。

这个剧场是有帐篷覆盖的圆形剧场,和马戏团的帐篷结构相同,因此称为音乐马戏团,场内的座位配置也比照马戏团观众席的方式。从我们的座位看去,坐在舞台边缘的观众,被舞台的灯光照得一清二楚。我那些轻佻的朋友们,根本只全神贯注望着舞台下的观众席,一门心思都铺在一个张腿而坐的裙装女客身上。帐篷外虫声齐鸣,在没有乐声的时刻很是扰人。

众所周知,《南太平洋》的舞台设计一定要洋溢着南太平洋浓厚的自然气氛,因此,只可怜兮兮地站着一两棵椰子树道具的圆形舞台,实在引不起观众的联翩浮想。

不过,在美国占领军举办余兴晚会,演员们穿上勉强张罗来的衣裳跳舞同欢的那一幕,反而因为舞台是圆形的,更能加强欢乐的气氛。

谢幕的时候,由于舞台上没有帷幕,早前已经穿过观众席走回后台的演员们,只好又循着原路走回来,沿途忙着和观众致意。

离开帐篷，乡村的星夜格外凉爽，让人忘却了纽约的闷热。可是，当坐上汽车，从停车场里的车海中想办法钻出来，排队等着开上高速公路的这段时间，开车的朋友又急出了一身的汗。

六 《亚比拿奇遇记》（*Lil Abner*）

根据阿尔·喀普的知名连载漫画改编。
剧本　诺曼·巴拿马　梅尔温·法兰克
作词　强尼·马萨
作曲　让·德·波尔
制作、编舞　迈可·基德
主演　艾蒂·亚当斯[1]　彼得·帕马[2]

在这群剧组中，在日本最著名的当然是迈可·基德，也就是那部《男孩与玩伴》[3]的编舞家。迈可·基德拥有惊人的精力，他那充满鲜活的跃动，将人类的能量挥洒到极致的舞蹈，自然是这出音乐剧最大的卖点，芦原英了[4]先生在纽约观赏过之后大力推荐。艾蒂·亚当斯是个身材火辣的音乐剧女演员，而挑主角大梁的亚比拿饰演者彼得·帕马，则是

---

1 Edie Adams（一九二七～二〇〇八），美国舞台剧演员、电视电影明星以及企业家。又，作者三岛由纪夫将此名拼音为"エディト・アダムス"，亦即"Edit Adams"，应是笔误。
2 Peter Palmer（一九三一～），美国男中音、舞台剧演员。
3 *Guys and Dolls*，一九五五年上映的美国喜剧电影。
4 芦原英了（一九〇七～一九八一），日本音乐与舞蹈评论家。

个刚入行的天真青年,就和漫画里的亚比拿一模一样。彼得·帕马原本是个美国大兵,由于在歌唱比赛中脱颖而出,立刻被延揽为音乐剧的主角。《亚比拿奇遇记》从舞台设计到服装设计完全采用漫画风格,和《小熊维尼》一样。故事是这样的,有个生活落后但十分宁静的小镇,由于没有任何有用的特产,某一天竟被指定为原子弹试爆的实验用地。镇民为了保住家园,想方设法地找出有用的东西,可是家家户户送来的尽是一些扫把、水桶之类不值钱的日常用品。这时,亚比拿的父母出现了,他们带来儿子亚比拿,并且解释他之所以能够长得高头大马,靠的全都是这个镇上采来的药草,吃下以后立刻见效。镇民找来矮小的男人做实验,果然吃下药草之后立即变得魁梧高壮,力大如牛。这件事立刻引起了政府和资本家们的关注,于是政府和狡猾的资本家开始展开明争暗斗,也把离开家乡的纯真的亚比拿卷入这场角力之中。爱国的亚比拿一度被资本家当成白老鼠来实验,身陷险境,最后终于在女友和镇民的协助之下,逮捕了那个坏心的资本家,大家总算得以回到了重新恢复宁静的故乡。在这个故事中,充斥着诸多对社会的讽刺,甚至有一个场面是舞台上站满了健美先生,暗讽他们吃下药草马上变成高大的男人之后,从此只在意自己的体格,对女人不屑一顾。幸好最后解决了所有的问题,亚比拿也和一度抛弃的女友结了婚,大家从此过着幸福快乐的日子。

然而,比故事情节更精彩的是第二幕结尾抓婿大会的芭蕾舞场面。这个小镇自古以来就有女人抓婿的习俗,但凡被捉住的男人,就得和那个女人结婚,于是只见拼命逃离丑女人的男人,以及紧追不舍的丑女人在狭小的舞台上又跑又跳,展现惊人的跳跃群舞。那短短数分钟的芭蕾,让舞台上的所有演员大汗淋漓,而台下的观众也看得提心吊胆,满手是汗。

七 《西城故事》（*West Side Story*）

原作　杰洛姆·罗宾斯

剧本　亚瑟·劳伦兹

音乐　里昂那多·班恩斯坦

作词　史奇普恩·桑塔姆

编舞　杰洛姆·罗宾斯（纽约市芭蕾舞团编舞家）

Act I（第一幕）

  Prologue（开场）： The months before（序曲：几个月前）

  5：00 P.M. ……… the street（街上）

  5：00 P.M. ……… a back-yard（后院）

  6：00 P.M. ……… the bridal shop（婚纱礼服店）

  10：00 P.M. ……… the gym（体育馆）

  11：00 P.M. ……… a back alley（后街）

  midnight（午夜）……… the drugstore（药房）

The next day（翌日）

  5：00 P.M. ……… the bridal shop（婚纱礼服店）

  6：30 P.M. to 9：00 P.M. ……… the neighborhood（邻宅）

  9：00 P.M. ……… under the highway（高速公路下）

Act II（第二幕）

  9：15 P.M. ……… the bedroom（卧房）

  10：00 P.M. ……… another alley（另一条小巷）

  11：30 P.M. ……… the bedroom（卧房）

  11：40 P.M. ……… the drugstore（药房）

11：50 P.M. ……… the cellar（地下室）

midnight（午夜）……… the street（街上）

前面介绍的音乐剧，都是已经公演已久的旧品，这部《西城故事》则在一九五七年秋日艺术季首度公演，算是刚出炉我就前往观赏的新鲜货。这出音乐剧此前颇受好评，在华盛顿试演时，许多评论家特地从纽约前往，观赏后大赞剧坛诞生了一部杰作。我有位朋友专程到华盛顿观看，同样赞赏这出戏为音乐剧开创了一个全新的局面。所谓西区，指的是纽约市曼哈顿以西的地区。纽约分为曼哈顿区、布鲁克林区、皇后区及布朗克斯区，曼哈顿区位于纽约市的中心，除了百老汇大道是斜向纵贯纽约的中央地带，其他的街道分布都如棋盘状整齐划一。这地区以经过中央公园的第五大道为界，分为东西两部分，在西边上城一百多街的那个区块是黑人聚居的哈林区，而靠近第一百街这边，则是近来称为西班牙哈林区的波多黎各人聚居地。这地方可谓罪犯的渊薮，居民被指称干下种种恶行，并且这里也是少年帮派（juvenile deliquent）的巢穴。《西城故事》便是描述这些少年帮派之间的斗争和纠葛。杰洛姆·罗宾斯是沿用《罗密欧与朱丽叶》的梗概改编成现代的故事，可我看不出有任何理由必须采用这种改写的策略。不过，站在现代人的视角，诸如从前蒙特鸠家族和卡帕莱特家族[1]之间的不合，看来未免幼稚，但对照现今流氓帮派的拼斗，却又如出一辙。在这个故事里，现代的罗密欧是纽约少年帮派里的一名要员，而现代的朱丽叶则与波多黎各的不良帮派有所关联。双方人马发生了一场冲突火并，结果罗密欧被杀身亡，朱丽叶并没有死，这出音乐剧就在朱丽叶的悲痛欲绝中落幕。纽约的建筑物多半

---

[1] 罗密欧属于蒙特鸠家族，朱丽叶属于卡帕莱特家族。

老旧，在这部音乐剧里，正是以市区老旧楼房的晦暗氛围，作为这群西城少年帮派的生活背景。在此先提出这部戏的缺点，本剧导演兼编舞家的杰洛姆·罗宾斯过于强势，他的编舞成为这出音乐剧的核心，以至于剧情显得十分薄弱。相较于少年帮派打群架的震撼威力，罗密欧与朱丽叶的浪漫场面太过司空见惯。人们都称赞里昂那多·班恩斯坦谱写的那支罗密欧的独唱曲，但我却觉得索然无味。

这部戏首先以冗长拖沓的古典曲调揭开了序幕，但结尾却突然换成了伦巴音乐。序幕一开始就是两派不良少年相互斗殴，那强大的震撼力，使人见识到十来岁少年们打斗时的狠劲，台下的观众顿时报以热烈的掌声。这段编舞经过巧妙的系统化，相当具有真实性，连每一周就有一个人被打断手指的桥段也让人信以为真。至于无人不知的罗密欧与朱丽叶在阳台上的那场戏，在这出剧里，阳台变成了架在老旧楼房外的逃生铁梯，在昏暗背景中的赤色铁梯，显得格外寂寥，宛如暗示着现代罗密欧与朱丽叶可怜而脆弱的爱情。但是，到了第二幕描绘朱丽叶对于自己和罗密欧两人爱情的幻想场面，却和很多音乐剧的幻想场面极为相似。那种充斥着达利[1]风格的舞台背景，与精神分析式的爱情妄想所发出的腐酸臭气，直冲鼻腔。到头来，只有第一幕序曲之后舞台上全都是女人的场面，以及第二幕舞台上全都是男人的场面，尽管偏离主题，但都相当出众，别具巧思。尤其是后者由那群不良少年合唱的 Gee Officer Krupke 是全剧中最出色的一首歌，演唱时有一个少年取来警帽戴上，并向那位警察辩称他们这群不良少年生了病，不但是心理性的疾病，也是社会性的疾病，所以他们这群不良少年是无罪的。歌词里借用社会学家

---

1 Salvador Dalí（一九〇四~一九八九），西班牙加泰罗尼亚画家，属于超现实主义画派。

分析少年犯罪的口吻，形成一种有趣的反讽。另外，在第二幕第四场药房的场面中，那群不良少年企图强奸少女时所跳的舞蹈非常写实，我前所未见。总而言之，这部戏套用《罗密欧与朱丽叶》的主题，并且予以重新包装之后再度面市，可惜没能达到预计的成果，成了最大的败笔。我的看法是，倒不如把社会性观点再稍微扩大一点，不要让现代的罗密欧和朱丽叶这对少年少女，卷入不良帮派的斗争之中，而是描写他们死于社会之恶的沉重压力之下，应该更能说服观众吧。

《纽约时报》的评论认为，《西城故事》唤醒了懒惰贪睡的百老汇，我觉得这个评论有些夸大了。

不可否认，这部音乐剧的结尾，不是罗密欧与朱丽叶由于误信消息而导致双双死亡的结局，而是以只有罗密欧死去、朱丽叶参加葬礼作为最后一幕，从而大为减弱了戏剧结束时应有的高潮。

顺便一提，门票是央托CBS电视台的朋友才买到的，同样又是费了好一番功夫。

此外，那个纽约少年帮派的老大是由才华洋溢的年轻舞者米奇·卡林饰演，现代罗密欧的汤尼由莱利·卡特饰演，至于波多黎各少年帮派的老大伯纳多由肯·罗伊饰演，而他妹妹现代朱丽叶的玛丽亚则由卡洛·罗伦斯饰演。

八 《牙买加》（*Jamaica*）

剧本　E·Y·哈波葛　弗莱德·萨帝
作曲　哈洛德·亚兰
作词　E·Y·哈波葛

制作　罗伯特·路易斯

编舞　杰克·柯尔

主演　莱娜·霍恩[1]　里卡多·蒙特尔班[2]

　　牙买加是西印度群岛之一，属于英国的殖民地[3]。这出音乐剧上演的时段，正当许多观光客利用即将到来的冬日旅游旺季，飞往西印度群岛享受南方暖阳的时节，恰好可以抚慰一些无法出远门的人们对于阳光的渴望。不仅如此，这部戏也透过描绘这些岛民疯狂地憧憬大都会纽约，从而满足组约人自傲的心态。女主角莱娜·霍恩是位以美貌闻名的黑人女星，其白人血统使她的五官长相和白人一样，但又拥有一身性感的小麦色肌肤。莱娜·霍恩曾出演几部好莱坞电影，称得上是个知名的音乐剧演员，只因为和白人指挥结婚，竟然被迫离开好莱坞，所幸来到纽约后，依然声望不坠。在好莱坞，黑人与白人不得通婚，譬如贝拉方特[4]也因为娶了白人女子而收到了许多威胁信。那些威胁信里的文字，都是诸如过去那个大时代的陈腐思想，好比"玷污白人女子的黑人要被处以私刑"云云。在种族问题方面，纽约是最进步的都市，在这里几乎不会发生种族歧视，所以遭到好莱坞抵制的男女影歌星，纷纷将纽约的舞台视为他们的精神原乡。然而，像约瑟

---

1 Lena Horne（一九一七~二〇一二），美国歌手、舞者及影星，亦是第一代好莱坞黑人女星，其后成为美国民权运动的重要人物之一。
2 Ricardo Montalbán（一九二〇~二〇〇九），墨西哥演员。
3 牙买加于一八六六年成为英国直辖的殖民地，直到一九六二年才宣告独立，因此作者三岛由纪夫撰写本文的一九五八年当时，牙买加仍属于英国殖民地。
4 Harry Belafonte（一九二七~），美国歌星、影星与社会运动家，出生于美国纽约，父亲是马丁尼克人（位于加勒比海，一九四六年后成为法国的海外省，一九八二年起成为法国的海外大区），母亲是牙买加人。

画卷记旅　107

芬·贝克[1]那样的知名歌星，也曾经由于纽约的高级旅馆和高级餐厅不接待黑人顾客，心灵受到很大的伤害。我不清楚美国种族歧视的情况有多么严重，但至少东海岸对待黑人比西海岸来得宽容，这是事实。单就《牙买加》来看，剧中起用了很多黑人舞者，其健美的肉体挥洒出来的爆发力，呈现出非常好的舞台效果。我很遗憾日本的舞台剧无法请到黑人演出。

此外，担任男主角的里卡多·蒙特尔班是墨西哥出生的白人，前阵子在电影《樱花恋》里饰演歌舞伎演员并且跳了《镜狮子》[2]的舞码。这回剧组看中他拉丁血统的异国风情，因此请他演出牙买加土著的渔夫。

在我看过的许多音乐剧当中，《牙买加》最是接近日本戏剧的风格。《纽约时报》的评论认为，一部完美的中间音乐剧诞生了。换言之，这出音乐剧既不过度高级，也不过度低级，努力达到最具娱乐性的成效，并且成功了。然而实际上，这部戏的内容根本乏善可陈，用来杀时间倒是个不错的选择。

故事大纲很简单，牙买加的女裁缝师沙瓦娜（莱娜·霍恩饰）一心向往纽约，成天把"真想去纽约"这句话挂在嘴边。渔夫葛力（里卡多·蒙特尔班饰）爱着沙瓦娜，但沙瓦娜说，除非两人一起去纽约，否则不愿结婚，葛力只好为了沙瓦娜的愿望而努力赚钱。接下来就是一连串的事件：出现了一个装腔作势的黑人情敌用前往纽约为钓饵来勾搭沙瓦娜啦，沙瓦娜有个老成的弟弟啦，英国总督也出现啦，加勒比海突然又卷起了飓风啦，飓风导致沙瓦娜的弟弟下落不明啦等等，还有一幕是描述葛力骗沙瓦娜要带她去纽约，结果谎言遭到拆穿，竟在两人缠绵

---

[1] Josephine Baker（一九〇六～一九七五），非裔美国歌星与舞者，之后移居法国。
[2] 全名为《春兴镜狮子》，俗称《镜狮子》，歌舞伎与日本舞蹈的舞码之一。

恻恻之际被沙瓦娜推下海去，总之，就是各种各样胡闹的豪华歌舞剧场面堆砌在一起。最后，沙瓦娜终于觉醒过来，发现这个岛屿才是最美丽的，终于和葛力在一起。这时，舞台再次响起序曲那首《沙瓦娜》的乐音，全剧就在合唱声中落幕了。从头至尾，沙瓦娜三句不离纽约，而葛力则老是讲捕鱼的事。

这部戏在描述对美国生活的憧憬之际，也不忘对此给予讽刺。"That's life that's life / all money is controlled by wife..."，这段歌词尤其让美国的中年观众听得露出微笑。这出剧最有名的是莱娜·霍恩唱的那首 *Push the Button*。莱娜·霍恩原本望着宁静的西印度群岛的风光，绵绵地独自唱出对纽约的憧憬，忽然间曲调一转，变成激昂的 *Push the Button* 大合唱，歌词充满对机械式生活的讽刺——在纽约，只要按下按钮，什么都会从机器里掉出来；只要按下按钮，不管是牛奶啦，药啦，甜点啦，香烟啦，婴孩啦，什么都会从机器里掉出来。

九 《三便士歌剧》（*The Three Penny Opera*）

最后，再介绍一部外百老汇的音乐剧。这部戏已经连演三年，非常卖座，那就是日本人耳熟能详的《三便士歌剧》。由布莱希特[1]的原作与克特·威尔的音乐共同打造出来这部音乐剧已经改编成电影[2]，男主角是

---

1 Bertolt Brecht（一八九八～一九五六），德国诗人与剧作家，创办柏林人剧团，建立史诗剧场理论，《三便士歌剧》为其代表作之一。
2 片名为 *The Beggar's Opera*，英国电影，一九五三年上映。

劳伦斯·奥利弗[1]，日本也已经上映。我是在格林尼治村一家叫琉斯剧院的小剧场欣赏的。地点虽然偏远，但是感觉很舒适。观众席分为一、二楼，总共容纳两百五十人左右。这个关于乞丐小偷的故事，可以追溯到十八世纪的《乞丐歌剧》[2]，在这个古旧的小剧场里上演，再适合不过了。舞台形式就像把日本的能乐舞台切成一半，另一半伸向观众席，帷幕沿着边缘垂挂。舞台右侧的演奏区可以容纳五六名编制的小乐团。舞台设计也很简单，场面更动时不换幕。幸好原本担任主角麦基（亦即刀手梅克）的老班底史考特·梅里尔再次回来饰演，让我得以看到他那颇具十八世纪伦敦后街美男子的魅力。所有参与本剧的演员都没有什么名气，但我看得非常享受。

故事情节大家都晓得，就是麦基的英雄传。麦基度过了重重危难，他愚弄了警官，没把社会秩序放在眼里，所有的女人都爱他，就算被关进监狱也会诓骗女人助他越狱。他和每一个女人都许下婚约的诺言，但和妻子一见面就吵架。到最后，他被吊上了绞刑台，就在即将绞首的那一刻，一个丑角使者从观众席上骑着一匹可笑的马及时赶到，宣读英国国王的赦免文，救了麦基一命，接着就在大合唱中落幕。杰利·欧巴克饰演的街头歌手兼任旁白，唱出哀伤的主题曲，一幕幕介绍麦基放浪的一生。整出剧看下来，我没有听到任何优美的声音，每个演员的声音都是沙哑的，这在音乐剧领域来说实属罕见，不过，就是这种声音沙哑的男女演员，才能把十八世纪的乞丐社会诠释得淋漓尽致。

（一九五八年一月·发表杂志不详）

---

[1] Laurence Kerr Olivier, Baron Olivier（一九〇七～一九八九），英国影星、导演和制片。
[2] 剧名为 *The Beggar's Opera*，一七二八年于英国伦敦首次公演。

跋

近来堀田善卫[1]先生大作《思考印度》广受好评，拙作亦应取名为《游玩美国》，如此一来，恰可成为勤勉文学家与怠惰文人之最佳对照。旅人之错误见闻与杜撰知识，散见于拙作各处，深恐读者诸君信以为真，认定书中所写皆为美国新知。然而，敝人生于日本、长于日本，纵对他国知识误解连篇，基于旅人独有之特权，望请视为毫无恶念之"善意误解者"。附记一事，由于付梓仓促，部分原稿乃以速记为底本。

（一九五八年五月·《画卷记旅》·讲谈社）

---

[1] 堀田善卫（一九一八～一九九八），日本小说家与评论家。

眺望世界的旅人

我患有严重的近视，但作为一个旅行者，却习惯远眺察看这世界。我从北美到南美，由南美至欧洲，历经了五个月的旅程，返国静思之后，我质疑自己对于各国的现实生活到底体会到什么样的程度。比如，我特意采取远眺的角度观察像希腊这样的国家，于是只看到了古希腊。换言之，我采用荷尔德林（德国作家，《许佩利翁》的作者）[1]的精神态度来观察希腊。

　　这种时间维度的远眺，同样适用于空间维度。我待在国外的时候，总觉得现实的日本与自己距离得很遥远。当我取道欧洲返国的途中，在罗马机场听一个美国人转述国际劳动节的示威抗议爆发了流血冲突的事

---

[1] Johann Christian Friedrich Hölderlin（一七七〇～一八四三），德国古典浪漫派诗人，作品以诗歌为主，另著有书信体小说《许佩利翁》（*Hyperion*）。

件登上了欧洲报纸的头条新闻时，那种切身的感受并不亚于听到了阋墙的家丑。

位于远西的日本

有个法国人说了一件事，我觉得很有意思。他说，日本并非位于远东，而是在远西。他还说，中国就是远东的起点。欧洲的地理位置比多数日本人以为的更加遥远，而从欧洲的观点来看，远西要比远东遥远得多。撇开个人的好恶不谈，对于今后的日本而言，势必要正视北美大陆的存在。而对于欧洲来说，日本则站在美国的那一方。尽管日本的精英阶层引进了不少欧洲的思考模式，但是日本民众似乎更愿意接受经过美国化的西欧文明，我觉得这没什么不妥。

在旅途中，一名日本的工程师向我表示，在技术领域上，日本与美国相差悬殊，就算直接引进美国的技术也无法立刻运用，但如果向法国和德国学习技术，就能现学现用。这也就是最近有愈来愈多的工程师前往法德两国考察的原因。

正如文学以及绘画，工业技术亦与该国的风土思潮有着密切的关联，美国的技术就与日本的环境条件扞格不入，这是天经地义的。可是，反观欧洲与日本的精神文明，同样呈现鲜明的对比。我怀疑，这两种精神文明，往后能继续在日本精英阶层的脑袋里和平共存吗？难道美国的物质文明，不正是促使这两种精神文明结合的插销吗？我们在深刻理解美国的物质文明的同时，就无法摄取欧洲文化的精髓吗？因为从某种意义上说，当美国文化承袭欧洲文化的时候，是不顾欧洲文化的风土特质，强行承袭下来的，在这样的过程中，它相对要失去某些微妙的东西，但这也摆脱了欧洲本身积累

眺望世界的旅人 115

已久的众多因袭。

同样是反美主义,在法国和日本却有很大的差异。法国的反美主义厌恶的是,美国试图模仿欧洲,却弄出了一套四不像的蹩脚文化。

赢家与输家

听说生活在巴西的日本侨民之间形成了胜负押注的对立,主要是由于某个犹太商人的造假导致的。这名商人在上海持有大量的日元,一听闻日本打了败仗,立刻思考该如何在抛掉手上的日元,趁机大捞一笔。于是,他制作了一部可疑的新闻电影,内容是日军代表在日本的战舰上要美国代表递交降书的画面(另有一说,他只是出示了一张可疑的相片)。据说他把这部电影带到巴西放映,于是,日本就成了战胜国,太阳旗高挂在军舰的桅杆上迎风飘扬。一旦日本赢得胜仗,日元必然会大幅升值,部分日本侨民因此贱价抛出巴西的克鲁塞罗货币[1]与他交换了日元,至于认为日本已经战败的一方,依然到处散布日本已然吃下败仗的消息。对于手中握有大量日元的人来说,他们为了保住自己的利益,不得不支持日本战胜的虚构事实。在这样利害关系相互对立的态势中,其实押在胜注上的人都明知日本已然战败,而这也招来某些无耻的右翼分子虚构日本的胜利,试图从中捞取渔翁之利,他们甚至在圣保罗的郊外设置据点,发行报纸宣扬日本战胜(那里现在已经是一家普通的日本餐馆,我曾经在那里用过餐)。

---

1 巴西于一九四二至一九六七年间的货币称为"巴西克鲁塞罗"(Brazilian Cruzeiro,简写为BRC)。

有人说，两方的对峙情况之所以愈演愈烈，主要是战争期间，巴西政府刻意边缘化日本侨民所导致的。换句话说，巴西政府禁止日本侨民说日语，也只能收听巴西国内的新闻广播。第一代移民巴西的日本侨民，完全不会说巴西语（葡萄牙语）和英语，自然要被阻绝视听，这就是导致他们不相信日本战败的原因。

大众的触角

对于上述传播的功过，我不得不做了很多思考。任何国家的知识阶层向来具有独立思考的精神，他们不完全相信新闻报道，只有一般民众信以为真。然而，一旦遇到紧急状态，一般民众的直觉往往比知识精英来得准确，很快就看穿隐藏在新闻报道之下的真实事态。他们从日常生活的角度，如蚂蚁般感知到洪水涌至那样，静默地用触角来探测现实的境况，这就是所谓事实的demagogue（煽动者）的由来。第二次世界大战将败之时，日本民众抵死不肯相信自己的国家会输掉这场战争，尽管他们已嗅到了战败的气息。这样的情况，在日本的历史上已经发生过很多次，而这也是民间流传的童谣被视为政治变革前兆的理由所在。

然而，上一段提到的巴西事件却恰巧相反。正如那些被巴西政府阻绝视听的日本侨民，他们理应使用探知消息的触角，但现实生活上却受到重重的限制。他们无奈地处在"相信"与"不相信"的拉扯状态中。因为在巴西的日本精英侨民基于"知识"，已经知道日本战败的事实了。

这件事情刚好与现在日本看待苏联的态度相仿。现今，日本民众根本没有能力判断共产主义国家的优劣，处于相当危险的状况下。那么，知识阶层的情况又是如何？部分日本左派知识分子的"知识"，正如巴

眺望世界的旅人　117

西日本侨界知识精英对于日本"战败"的认知，我对于他们能否正确理解苏联，仍然抱持质疑。可以确定的是，在美国的占领下，日本民众已如同生活在美国与西欧的社会体制里。

三等船舱

我想起在前往旧金山的船程上看到的光景，船内的头等客舱和三等客舱强烈地反映出美国与亚洲乘客受到的待遇。

有一种说法，美国游轮不如日本游轮那样善待三等客舱的乘客，并非因为美国人不入住三等客舱，而是它的空间的确仄得可怜。尤其船身剧烈颠簸的时候，呕吐物到处喷溅，还充斥着体臭、鼻涕、嘈杂的歌声和呐喊以及蒜头的臭味，我们只要往前靠近，"亚洲人的惨状"立即映入眼帘。

在船上，有要去留学的日本男女学生，有要从寄宿家庭前途似锦地被送往美国俄亥俄州就读高中的青少年，有曾和吉冈隆德[1]选手在奥运会中争霸，并且出示当时英姿照片给同船乘客观看的菲律宾人，有菲律宾的职业画家，以及文静的中国青年。有趣的是，相较于头等客舱里多数都是中老年的美国人，三等客舱则多半是年轻小伙子。

他们都是到美国留学的。换言之，这些曾经向外输出"古代文明"的东方人民，这次是为了输入"近代文明"而远渡重洋的。就此看来，"近代文明"引进的还不够多，就算过度地引进，也不会停止下

---

[1] 吉冈隆德（一九〇九～一九八四），日本田径短跑选手，于一九三五年六月十五日创下十秒三的一百米短跑世界纪录。

来。最近，由于日本战败的缘故，我们再次经历着如明治时期积极迎向文明开化的时代，问题是，日本的胃肠消化机能不佳，很可能没怎么吸收就排泄了，而我们多亏这样的机会，反而不得不囫囵吞枣似的吃些新鲜的东西。

相较之下，中国的胃囊何其巨大，又何其坚韧啊！

这时候，中国想必已经被近代文明消融得无影无踪了吧。在那以后，经过"近代文明"的洗礼却依然毫发无伤的中国正张开大口，等候着吞下不断引进的新鲜事物了。

*

我永远记得，有个中国留学生教我这首流离颠沛、悲调盈溢的歌曲，那是描写新疆佳木斯[1]，沙漠风光的民谣。

那里来的　骆驼客呀
沙里洪巴　嘿哼嘿
马沙来的　骆驼客呀
沙里洪巴　嘿哼嘿

（一九五二年六月八日·《朝日周刊》）

---

[1] 作者原文有误，佳木斯属黑龙江。

日本的行情
——说日语也通

人们常说，只要出国就会激起爱国的情操，但我觉得未必都是如此。一个从来不懂日本有多么美好的日本人，不可能一到外国就变得茅塞顿开。那些身在海外的民众，嘴巴嚷着"很想念生鱼片啊""好想喝碗味噌汤呀"，其实只反映出肤浅的乡愁罢了。

　　如果你满心以为，到了外国就会被问及日本的各种事物，那就大错特错了。实际上，每个国家的人民光是要弄懂本国的事都昏头转向了，哪还有余力像日本人这样具有强烈的好奇心呢？倘若在某个演讲会上，有个中学生向讲者提问："老师，您如何看待哲学家萨特呢？"这个场景肯定就在日本。

　　最令我惊讶的是，法国人对待事物的冷漠，这种唯我独尊的文化优越感和支那[1]非常相似。德国人"Deutschland über alles"[2]的精神态度与

---

[1] 20世纪上半叶日本对中国的蔑称。
[2] 意指"德意志高于一切"，出自《德意志之歌》（*Das Deutschlandlied*）的第一段歌词。德国选取第三段作为现行国歌。

法国人相比，显得天真朴实多了。黛敏郎[1]先生曾提过，有个巴黎的知识分子甚至问过他"东京有没有电车？"这个说法与上述"您如何看待哲学家萨特呢？"恰巧形成强烈的对比。

访游美国的期间，我在各地听到许多美国人夸赞日本到几近肉麻程度的溢美之词，甚至有人露出像打棒球不慎击破邻家窗户时诚惶诚恐的表情说："我们美国向日本投掷原子弹，请原谅啊！"但这些话语多半可以嗅出几分政治味，无法打动人心。不过，也由此可见美国人不善于巧言令色的正直。我在美国遇见的那些知识精英，居然没有任何人读过亚瑟·威廉翻译的《源氏物语》一书，不禁让我愕然又沮丧。

在希腊，我有一段愉快的回忆。

那件事发生在我搭巴士从雅典前往德尔菲的途中。由于巴士机件故障，数度走走停停，这时候同车的老伯带我走乡间小路当成踏青，还认识了两个可爱的小学生。他们都在学习英语，于是得意洋洋地以英语与我交谈。其中一名小学生开心地嚷着问我：

"听说您是从日本来的呀？"

"您见过古桥[2]吗？"

"还没呢。"

"古桥好厉害哟，我们非常尊敬他喔！"

比起听到外国的知识分子说："我非常崇仰创作出《源氏物语》的日本。"这些希腊学童的天真率直更使我心情快活。古希腊向来尊敬优胜的运动选手，孩子们自然受到这种遗风的熏陶。这段对话让我高兴得

---

1 黛敏郎（一九二九～一九九七），日本作曲家，日本古典与现代音乐界的重要人物。
2 古桥广之进（一九二八～二〇〇九），日本游泳选手及教练，曾多次刷新世界纪录，并数度出赛奥运会。

仿佛日本队参加古希腊的游泳比赛（尽管古希腊应该没有游泳比赛的项目），还赢得了胜利呢。这种竭尽全力在运动比赛中取得胜利的荣光，确实风靡整个世界，使许多孩童为之着迷，让我好生羡慕。事实上，我们从事精神劳动的人，也应该抱持这种态度，要比别人跳得更快、跑得更快，否则就不该苟活于世了。

巴西的国民很开朗，没有种族偏见，我切身感受到他们的热情。

在嘉年华会上，巴西人欢快劲舞经过我们的桌前时，伸出两根手指把自己的眼角往上挪顶，一面热情地连声欢呼着"Sino! Sino!"[1]，并且凑上前来要向我们握手。

——我到国外旅行期间，并没有特别想念日本。反而被外国城市的景观威容深深慑服，不由得和那些于文明开化期间的留洋者一样，诅咒着日本社会的丑态。不过，当我在巴黎那间整日阴暗的民宿住了一个月以后发现，一个城市纵使外观多么华丽体面，若是住起来不舒服也是枉然。两相对照之下，我由衷感到日本的居住环境要舒适得多了。更何况住在日本还有一个最美好的优点，那就是不论上什么地方，都可以直接用日语尽情交谈。

（一九五三年三月二十五日・改版增刊・原标题《说日语也通》）

---

[1] 此处原文为"シノ！シノ！"，译音为"Sino! Sino!"，应为当时外国人用于称呼"支那"（即中国）的一种读法。此处或在描述欧美人士不擅辨识亚洲人的面孔，误将日本人认成中国人了。

南半球尽头的国度

Carioca（意指巴西里约热内卢人）认为……每个Paulista（意指巴西圣保罗人）都为故乡感到自豪，但他们的内心深处始终怀抱着这样的愿望——但愿自己能死在里约。

——约翰·根室[1]

梦想的国度

我在纪行文中已经数度提及，里约热内卢是个绮丽如诗的城市，在此不再赘述。倘若能幸运地在二月下旬参加他们的嘉年华会，想必里约的情景将使我更加终生难忘。一二月正值巴西的盛夏，最美的季节是在五月的秋天。从秋天到七八月的冬天，许多欧洲的艺术家都会来此避

---

[1] John Gunther（一九〇一~一九七〇），美国新闻记者与作家。

暑，顺便表演，赚点外快。一到这个季节，多半有欧洲歌剧、芭蕾舞、音乐和戏剧的演出，甚至在阿根廷的布宜诺斯艾利斯也欣赏得到，只是门票贵得离谱。

巴西的物价向来很高，在南美洲的国家之中，可说名列前茅。有种说法，巴西是落后的农业国家，尽管里约热内卢和圣保罗市区还矗立着很多高楼大厦，但它们仅只是试图重振，实则败退的象征而已。也就是说，他们没有把进口的钢铁用在工业建设上，却转而用于造盖高楼大厦。从泛美国化的角度来看，巴西扮演着跑龙套的角色，就这点而言，它与阿根廷形成强烈的对比。第二次世界大战期间，巴西在美国的怂恿下加入了战局，因此，战后获得美国资金的丰裕援助。

不过，巴西人民却没有因此拥戴美国。就本质而言，他们的文化根源自欧洲，与北美洲的文化难以融合。

里约热内卢（葡萄牙语意指"一月的河流"）这个城市充斥着新旧并存，既有柯布西耶建筑风格的十二层新建大厦，也有前殖民地时期饶富雅趣的楼房，却又与巴西特有的南宗画风似的岩山和热带植物奇妙地融合在一起。我已经数度提及，巴西在殖民时期遗留下来的马赛克砖铺道路非常漂亮，而面向海洋的古老建筑，亦仿佛与其往昔繁盛的宗主国欧洲遥相呼应。当我望见露台和古朴的建筑物立面，沐浴着夕阳和摇曳的椰影之际，那种感触格外深刻。

那地方有许多旅馆，以位于科帕卡巴纳海岸的科帕卡巴纳宫殿饭店最为豪华，巴西人对它赞誉有加，称之为Copacabana Hotel Palácio，据说连那位阿里汗王子[1]也曾在这里下榻。当时，住宿费用以黑市汇率计算

---

[1] Aly Khan / Prince Ali Salman Aga Khan（一九一一~一九六〇），伊斯兰教伊斯玛仪教派教主之子、巴基斯坦外交官，为世界知名大富豪，曾与美国知名红星丽塔·海华斯（Rita Haywort，一九一八~一九八七）结婚。

就高达十美元，如果经过正式汇兑管道肯定更贵一些。第二名的高级旅馆是位于市区歌剧院附近的塞拉得旅馆，只要支付五美元（这里指的是黑市价格），就可住到比较好的房间。

此外，这里多半是意大利餐馆，因此所谓的巴西传统菜肴，除了用猪耳、猪尾、猪皮和内脏等猪杂，以及黑豆一起炖煮至软烂的"巴西炖菜"[1]以外，其他没什么值得品尝的。不过，以椰子树的嫩芯调拌的色拉，尝起来很像芋头茎的味道，堪称稀罕的美味。令我印象深刻的还有码头旁鱼市场楼上的鲜鱼餐馆，尤其那道辣味鳕鱼更让我难以忘怀。店家的厨师多半是意大利人，他们频频问我"好吃吗？"如果我回答"好吃"，他们马上端出另一盘相同分量的餐食为我加菜，问题是每一盘菜肴本来就堆得像座小山了，再加上一倍根本吃不完。

里约的驻外领事馆（即现今的大使馆）与巴黎的大使馆不同，可能是来巴西的日本国民不多，馆员们觉得稀奇而比较亲切。那些驻外馆处的服务态度与前去该国造访的日本旅客数目恰成反比，较少人去的地方相对友善多了。

从矗立在驼背山上那尊巨大的耶稣基督雕像脚下，可以俯瞰里约市街和海岸线的全景，堪称是绝佳的景色。山下有平坦的车道一路向上延伸。

里约的海岸线，特别是从飞机上俯视里约沿岸的万千灯光，更是美不胜收。

科帕卡巴纳海岸是里约首屈一指fashionable（时尚的）的区域。那些高级住宅和旅馆高楼的背景是雄伟的岩山，建筑物门前的车道停满了

---

1 依照前文描述，这道菜的葡萄牙语应为"Feijoada"，日语音译有"フェジョアーダ""フェイジョアーダ""フェジョアダ"等三种，作者三岛由纪夫写为发音相近、其他人不曾用过的拼法"ヘジョアーダ"，应是笔误。

一辆辆高级轿车,隔着那条用马赛克砖铺设的滨海堤道,再过去就是纯白的沙滩了。可这么诗情画意的海岸,偶尔有大鲨鱼出没,再加上大西洋的波涛汹涌,因此泳客不多。放眼所及,这融合了人工与自然粗犷之美,正是里约热内卢最大的魅力所在。

相反的自卑感

要前往圣保罗市,可搭乘飞机或乘坐巴士,大约是从东京到大阪的距离。火车班次经常误点,所以我敬谢不敏。由于巴西的铁路铺设停滞不前,因而促成航空业的发展迅速,铁路网的发展也就落后下来了。而且巴西的国土面积辽阔,恰恰比美国本土面积稍大一些,光是搭飞机沿着亚马孙河流域(那里有一家名为亚马孙族女战士的高级旅馆)来回,就得有花掉大把钞票的心理准备。

圣保罗是个现代化的城市,自称是"纽约之妹",摩天高楼四处拔地而起。现任总统似乎以破坏为乐,急于拆掉历史性的老建筑,建立现代化的新都市,因此这里看不到像里约热内卢那样新旧交错的浑然之美。我并不觉得这是个有特色的都市,顶多只是个洋溢着新兴国家活力的城市而已。

我住在一家美式风格的新颖旅馆,住宿费很便宜。我常去有播放音乐的意大利餐馆用餐。此外,如果上电影院没穿西服和打领带,就会被赶到三楼的座位;可只要身穿西服和打领带,就会被视为绅士并带往贵宾席。依我看来,巴西人于盛夏时节还穿西服打领带,无疑是殖民地时期遗留下来的自卑感的显现。

圣保罗近郊有个著名的毒蛇园,也有植物园。

圣保罗的市民时常自己开车到桑托斯海岸游泳。那里等于是大众海水浴场,而且水深平浅,波平浪静。我第一次看到火焰树,就是在这处海边的小公园。

一直以来,我很想观看蜂鸟的飞姿。那次,我终于在多罗间俊彦先生的宅院里如愿以偿,看到蜂鸟了。那地方从前是东久迩宫盛厚王的府邸,位于比圣保罗更远的林斯,两地距离约莫从东京到大阪。我之所以得以一偿夙愿,是因为在圣保罗的郊外很容易发现蜂鸟的踪迹。

想看到真正的巴西,就得深入内地不可。林斯位于内地的入口,亦是日本移民的据点,但这地方却没有铺设柏油路、没有电力、没有瓦斯,连基本的自来水都没有,在在足以道出这个国家在文化上的严重失衡。旅人在咖啡种植园的村落看见牧童帅气的身影,总是忍不住想模仿牧童手枪插在腰间,骑马到深山野地巡游的豪情。事实上,巴西还有广大的蛮荒之地尚未开垦,听说一些富有的日本移民会乘坐自家飞机,从荒原之地飞掠而过,俯瞰下方的山林比画着说:"从那座山谷到那边的森林,我全买下了。"姑且不论日本移民的成功与否,听说有些创业成功的富豪拥有自己的咖啡园、自己的机场和好几架私人专机,还为员工设置了教会、电影院以及学校,甚至有人为了招待总统到自家举办日式牛肉火锅的派对,特别增辟了一座机场呢。

(一九五三年四月五日·《文艺春秋》增刊)

外游日记

一九五七年八月十五日（星期四）

我和克洛佛德小姐（克诺普出版社营销部）约了一点在阿尔冈昆饭店共进午餐。那家饭店位于西四十四街，剧坛人士似乎经常约在那里见面。

下午五点，克诺普出版社总编辑史斯特劳斯夫妇亲自开车带我兜风一个小时，然后载我去帕切斯[1]。帕切斯是闻名的豪宅区，克诺普社长的公馆就坐落于该地，我受邀参加今夜的晚宴。

古树苍郁，向晚的夏阳斜照在整齐的宽广草坪。这里已经属于克诺普公馆的宅地了。我们穿过林间，在一条碎石子路下了车，一幢英式建筑映入眼帘。前庭是一片方形的草坪，四边围绕着七彩的花坛。管家

---

[1] 依照上下文描述，该处地名应为"Purchase"，日语音译为"パーチェス"，但作者三岛由纪夫写为"パーチェズ"（Purchaz），应是笔误。

领着我们穿过屋子，请我们到庭院入座。虽然早前有人提醒过我，千万别被克诺普社长衣着的配色给吓到，但是当他现身的那一刻，我还是大吃了一惊。这位红光满面的老先生身材不高，雪白的翘胡子紧贴在两颊上，单排金属扣的深蓝色西服外套，搭配的居然是艳粉红色长裤，看起来既像轻歌剧中的国王，也像威士忌酒标上的人物。

克诺普社长的侄女约瑟芬夫妇也来了，大家开始享用餐前酒。克诺普社长说：

"敝社出版过三本能乐的书，第一本是费诺罗萨[1]写的（我没有把握自己有没有记错），第二本是卫雷大臣的，第三本就是你的《近代能乐集》了。"

我们一行六人前往附近的世纪乡村俱乐部共进晚餐。这是一家著名的俱乐部，创立于一八九八年。我非常盼望日本也能开设一家乡村俱乐部。日本的高尔夫球俱乐部一家开过一家，实在没有道理对那些不打高尔夫球的人置之不理。

晚餐是自助式的，各自到院子帐篷下成排的餐桌上夹取餐食，再端进餐厅里面品尝。用过餐后，众人移步到院子草坪的椅子上坐着喝餐后酒。克诺普社长拿出了雪茄，大家都婉谢，只有我取了一根。

克诺普社长的面貌和体形，都完全吻合一般人对嗜抽雪茄者的既定印象。他称赞道：

"我们真是有志一同！我所认识的作家，喜欢抽雪茄的人真是少之又少。"

淡淡的月影，映在装点着黄色灯饰的泳池畔；老树底下湿润的草

---

[1] Ernest Francisco Fenollosa（一八五三～一九〇八），美国的东洋美术史家与哲学家，致力于将日本美术介绍至欧美。

丛，传来嗡集的蟋蟀声。临去前，我在俱乐部的门口看见红色的小灯在黑暗中闪烁。原来是俱乐部的服务生们接过顾客的轿车款式与车牌号码资料后，就着红色手电筒的光线寻车，然后把车子开到门口交给等候的顾客。

八月十七日（星期六）

我昨天应邀前往富裕的年轻小说家詹姆斯·麦瑞尔[1]位于新泽西州首府翠登的宅邸，晚上就住在这里。这个滨海的古老城市还保留着许多十九世纪的建筑，晚间一过七点，路上就没人往来，麦瑞尔家前方的游艇码头隐没在黑暗之中，只剩下左边砖造的肥皂工厂还亮着熏黑了的灯光。

今日是个大晴天。中午，我们到附近一家高壮的葡萄牙女人经营的餐馆随意吃了热狗，店里没什么客人。饭后我们应邀搭乘吉米一位朋友的游艇。

游艇的主人是位出身富豪之家、不愁吃穿的中年男子，他的夫人是小说家。目前最让这对夫妻烦心的是"cat-problem"。因为他们打算在星期一驾这艘游艇去纽约，正在找个细心的人代为照料家里那十几只猫。

游艇从平静的海口驶向港湾。吉米和我在讨论小说中的叙述与对话这两部分的比例，我们两人都不喜欢对话小说（conversation novel）。吉米向我提及某位欧洲评论家（名字我忘了）曾说过一段美丽的比喻："小说的对话应该像浪涛一样慢慢涌升，到了最高点瞬时冲奔下来拍溅

---

[1] James Merrill（一九二六～一九九五），美国诗人与小说家。

而出的飞沫。"这段话里的浪涛，指的当然是小说里的叙述部分。

　　游艇逐渐靠近码头。拥有游艇的人总会羡慕另一艘更豪华的游艇，好比男爵总希望自己能成为伯爵一样。码头泊着一艘极尽奢华的大游艇，我们绕过它驶了进来，这情景宛如一个咬着手指的小女孩仰头看着身穿一袭晚礼服的母亲，腻在母亲身边打转似的。那艘游艇挂的是巴拿马船籍。巴拿马的税金便宜，很多美国人把自己的游艇登记为巴拿马船籍。

　　我们在四点以前回到吉米家，爬到屋顶上睡午觉。楼顶有个房间铺设黑白相间的方格地板，还摆了一架黑钢琴，吉米从六点半起在这个房间举办一场鸡尾酒会。这场酒会的气氛很轻松，像是朋友在避暑别墅里聚一聚，连主人吉米都光着脚丫。席间，一位歇斯底里的伯爵夫人把一只镶嵌工艺的小木蛋——看来应该是来自日本箱根的工艺品——全部拆散了，结果没有任何一个人有办法将它恢复原状。区区一颗小木蛋，居然把一屋子客人都弄得神经衰弱了。

八月二十八日　波多黎各

　　好一段日子没像今天这样感觉到踏上旅途的兴奋了。从纽约飞行大约六个小时以后，飞机降落在一座位于椰林间的机场，接着换搭接驳车前往康达多海滨旅馆，途中必须穿过贫民区。这里的贫民区，就像在南方烈日下被晒得凋萎的向日葵那枯褐色的残骸。

　　波多黎各堪称赤贫。这里是久负盛名的纽约诸多穷凶恶极犯罪的原产地。但是，当一对并肩坐在旅社阳台上的黑人老夫妇，默然地望着这辆载有圣胡安机场旅客的接驳车经过时，我在他们的脸上看到了一股庄严。在那犹如打磨后的黑檀木雕似的面孔上，闪耀着经过雕琢、经过深

外游日记　135

化后的粗野和低俗。

　　南方的贫穷，不同于都会里那种寒酸的贫穷，具有某种高贵的气质。南方的贫穷不是遭逢失败所造成的，而是从一开始就放弃和服从，因而带有一种自然界的亲和力。在这里，不论是高贵或贫穷，都像种种罕见的水果，只是各具不同的滋味和不同的香气，但都拥有同样的资格可以献给太阳和大海。我这种比喻，或许会惹怒社会科学研究者吧……

　　我在纽约见过许多波多黎各人，有的长得不好看，有的长得很漂亮，还有相当多住在纽约的波多黎各人完全不谙英语。他们的外貌，按照与黑人或西班牙人混血的程度而有所差异，比方有些人肤色黝黑但五官分明，有些人看起来就像是黑人等等，唯一共同的特征是眼神深邃锐利、发色乌黑且是浓密的自然卷。但是，如果以为他们是由于贫穷才犯罪，那就错了。他们已经远赴寒冷的大都会，然而亚热带的毒辣太阳依旧不肯放过，迢迢赶来，迫使他们在这个难以适应，诸多不同的异乡犯下了南方式的罪行，譬如西班牙式的决斗啦，拿匕首捅上一刀来解决问题啦，恶汉作风的偷窃或诈骗啦……总之，统统都和精神分析科医师所认同的纽约人应有的精神生活相距甚远，这一切全都是太阳唆使的犯罪。

　　——我在康达多海滨旅馆里，独自享用了自助晚餐之后，来到面海的外凸大露台。露台的一部分形成柱廊环绕的圆形罗马式中庭，从二楼可以直接走过去。这里只有我一人。中庭中央的喷泉随着海风飘摆，遇上强烈的海风吹来，喷泉就像失了魂似的一歪而倒，泼湿了周围的马赛克瓷砖地板。从廊上的柱子间，可以眺望椰子树和壮丽夕照下的大西洋。椰子树、大洋的夕照、随着海风摇曳的喷泉……当这一连串景象呈现在我的眼前时，说不清是什么理由，总之我由衷感到这里就是我真正的故乡。

八月二十九日

透过克诺普社长的介绍,在这里的国立公园工作的佛利欧·马雷罗·努涅斯先生为我导览古老的埃尔莫罗防御堡垒。

这座十五世纪的古堡像一只伸向海洋的大蜗牛,肩负起为加勒比海扼守海门的重任。我们进入当年那些文人革命家被监禁的大牢,将走道尽头的木门往两旁推开的刹那,灿烂的海景立时在眼前铺展开来。前景是黑暗的牢房,背景是从拱门望出去的大海和岛屿的风光,宛如一幅哥德时代的细腻画作那般美丽。

海面上浮着一座左右较长的山羊岛,其中一端有一栋希腊废墟般的建筑,在阳光照射下显得别有风味。听说那里从前是一间精神病院。

我离开牢房,沿着可以俯瞰大海的蛋黄色城墙边信步而行。那边有个石板铺设的广场,昔日用来运送大炮那条宽敞的石板坡道起点就在这里,连古老的炮身也安放在此,只是生锈的铁管炮身上沾满了脏污的海鸟粪便。城堡的一个角落凸出了瞭望小塔。我勉强挤进塔里,从枪眼窥看大海,感觉自己仿佛是十五世纪的卫兵。

从旅馆出门的时候,天色已是明暗不定,这时候变得更为黯淡,还卷起一阵怪风,把长在石板缝里的夏草吹得偃倒。然而海上的另一边却是艳阳晴朗,照得海面闪耀着湛蓝的光芒。

突然间,下起了倾盆大雨。马雷罗·努涅斯先生和我冲进旧塔里躲雨。古堡在雨中蓦然苏醒过来。空荡荡的城墙,以及运送大炮的坡道,原本在烈日的曝晒下奄奄一息,此刻纷纷恢复了生气。大量的水柱,从古堡的每一条雨水沟槽循着蛋黄色的城墙如瀑布一般倾泻而下,运送大炮的坡道也成了雨水哗哗冲落的斜面。在这片黑云罩顶、海盗横行的海域,我得以身历其境地见证了雨水是如何从这座十五世纪的古堡流向大海。蓄积在广场上的水滩分成一道道水流，从不同的排水口朝大海奔腾而去。在这短暂的时间里，古堡发挥了所有的功能，重新活出了生命。

……云层迅速移动，一小道云隙瞬间扩大成一片蓝天，刺眼的太阳又探出头来了。雨停了，古堡又变回西班牙掠夺者们的古老遗迹，不过是在强烈日光无言的照射下，一座庞大的蛋黄色废墟罢了。

九月十五日（星期日）

墨西哥城。独立纪念日前夕。

我拖着高烧未退的身躯，倚在巴梅尔旅馆一室的窗畔，望着独立纪念日前夕的市中心街景。旅馆前方公园里的独立纪念像、水柱擎天的喷泉和大理石拱门，全都亮起了色彩缤纷的灯饰。烟火和爆竹声四起，每一盏路灯都绑上了红白绿的国旗，更远一些的大楼和树木，也都装点着国旗三色的照明饰品。许多学生坐在敞篷车上，扬起纸喇叭吹得震天价响，声势十分浩大。孩子们头戴彩色的纸帽或坏人面具，兴高采烈地跑向前去。一群装扮得花枝招展的乡下人手牵手，站在街边犹豫不决、小心翼翼地想要穿越马路。随处可见卖墨西哥薄饼的摊贩。

九月十六日（星期一）

早晨，我推开旅馆客房的窗户，被窗下这一大片泛滥的彩色洪水给吓了一大跳。在盛装打扮墨西哥各地传统服饰的群众当中，最显眼的就是红色了。红色在这个国家也和日本的战国时代一样，属于男性的颜色。在公园浓绿的树荫下，人们身上衣裳的缤纷，还有卖气球的人手中像泡泡似的一串串颜色，再加上水果摊前那鲜嫩欲滴的色彩，全都让人目不暇给。街上还有非常多穿上制服的士兵穿梭往来。墨西哥帽的摊商摆满一顶顶光泽闪泛的宽边帽，果汁小贩榨出一杯杯暖色调的果汁。街道两旁的椅子排得毫无空隙，上面早已坐满了等候观赏大游行的人群。

在这纷纭杂沓的中间是空无一物的灰色马路，它拒绝一切色彩，犹如一道冰冷的河川流动而去。大游行还得等上一个小时才会开始，在那之前，这条灰色的河川始终悄然无言，与两岸的七彩欢宴恰成对比。这景象宛如人类武装起自我的理智，拒绝一时的情感波动，只为了迎接即将到来的感动巅峰。再过不久，游行队伍就要来了。那无可匹敌的色彩、那无可比拟的音乐，即将淹没这道灰色的河面。就因为明白这一点，人们此刻才会容许这道灰色空间的存在，如同人们为了享受那无与伦比的陶醉，允许理性先行介入一样……这才是墨西哥。如果我们不是为了终将出现的酩酊与陶醉预留通道，保持理智直到老去，否则又何必在这蓝天、绿地和梦幻般的丰富色彩之下，坚持下去呢？

——我和人约好了要在大使馆的窗前观赏游行，该准备出门了。

十一月二日（星期六）

雨又下了一整天，时下时停，但气温倒是很暖和。下午一点半起床，三点以后去现代艺术博物馆观赏一八九六年至一九五六年间的德国电影系列，今天放映的是《卡里加里博士的小屋》。

我下榻的格莱斯顿旅馆前面开始动工兴建西格拉姆大厦，听说等它面向公园大道的前庭完工以后，会有水池和花坛。不愧是西格拉姆威士忌公司的产业，连建筑外观也是威士忌的颜色。

　　从五十二街再往上一个街区，穿过麦迪逊大道和第五大道，右手边就是现代艺术博物馆。我在门口购买入场券，但是没有附带电影票给我，之后才晓得原来只需凭这张入场券，就可以免费进入位于地下楼层的电影院，不过持有预约票的人优先进场，我必须在入口稍等一下才能进去。《卡里加里博士的小屋》是一部奇拔的影片，时至今日看来依然觉得独特而新颖。走出电影院时，忽然遇到了切兹的经纪人朋友山姆。原来山姆也来看这部电影。

　　山姆这个年轻人的前额有些稀疏，眼镜底下那双目光炯炯有神，精力充沛，加上以前是普林斯顿的足球运动员，想必很有力气，但性情善良又温和。我想，迟早我会听从切兹的建议，聘请山姆当我的经纪人。

　　我把山姆带到格莱斯顿旅馆的鸡尾酒吧，在晚饭前喝一杯餐前酒。在纽约这个城市，很难找到可供稍做聊谈的场所。我们从博物馆一路走回旅馆，沿途连一间咖啡厅都没有。话说回来，东京的咖啡厅又嫌太多了。

　　山姆聊起舞台剧《朱门孽种》[1]的内幕。这部戏最近刚刚首演，引发不少争议。该剧内容改编自一本畅销小说，故事内容则是根据发生在二十世纪二十年代初期，李奥波和罗布这两个年轻人联手犯下的知名凶杀案所写成的。李奥波是个才华洋溢的青年，深受尼采超人思维的影响，甚至确信自己就是超人，他在同为富家子弟的学友罗布怂恿之下，

---

[1] 美国记者梅尔·拉凡（Meyer Levin，一九〇五～一九八一）将一桩发生于一九二四年美国芝加哥的富家子弟谋杀案写成小说《朱门孽种》（Compulsion），并于一九五七年亲自改编成舞台剧演出，之后又由二十世纪福克斯影片公司改拍为同名电影于一九五九年上映。由于作者三岛由纪夫本篇日记写于一九五七年十一月二日，可以确定此处描述的是舞台剧。

合力杀害了一名无冤无仇的少年，企图完成一桩完美犯罪，但后来警方从一些细枝末节发现了是他们两人犯下的重案。这起事件当中的凶手和被害人都是上流阶级的子弟，也没有任何动机迫使李奥波和罗布犯案，因而在当时的社会掀起极大的震撼。

原著小说的作者很喜欢戏剧，亲自动手改写成剧本，可惜写得很失败，遭到制作人退稿，并且另请高明操刀。这件事导致制作人和原著作者发生龃龉，据传在波士顿试演的第一个晚上，作者寄了一把诅咒的短剑给制作人。祸不单行的是，当天晚上谢幕时，舞台装置居然发生故障，以至于无法降下布幕，正当后台人员忙得焦头烂额之际，领衔主角又和导演发生激烈的争执，甚至演变成双方互殴，甚至引发所有人员在后台打成了一团的群架事件。

十一月六日（星期三）

孟冬时节，阳光普照，真是干爽宜人的一天。一时十五分，我前往哈佛俱乐部赴约，新方向书房的副社长劳克林夫人邀我共进午餐。这家出版社的社长劳克林先生是知名的钢铁巨擘，创立了这家超逸脱俗的文学出版社，交由热爱文学的夫人掌持。一次偶然的机会，劳克林夫人读了《假面的告白》的原稿，非常喜欢，于是开始洽谈出版事宜，今天就是双方见面的午餐会。该出版社的麦可连格总编辑原先就属意出版这本书，可以说水到渠成的时机终于到临。算来，韦瑟比先生执笔完成翻译，已是六七年前的事了。

哈佛俱乐部是老派作风的英式俱乐部，严格地遵守男女有别，我首先必须进入纯男士的俱乐部，在一群派头十足的哈佛毕业绅士们之间，找到麦可连格总编辑之后，再由他带我从一扇小门走到隔壁那栋男女可以自由交谊的俱乐部，介绍我和在那里等候的劳克林夫人认识。劳克林夫人身形颀长，落落大方，眼睛不算大，是位知性又文雅大方的中年女士，让人倍感亲切。

我们吃了一顿简单的午餐。麦可连格总编辑提起了安格斯·威尔逊[1]和克里斯托弗·伊舍伍德在读过《假面的告白》原稿之后，向出版社捎来了亲切的荐书信函。

傍晚六点半，我应邀与凯斯一起去G先生家共进晚餐。G先生是著名的舞台设计师，也和阿瑟·米勒[2]素有交情，但自从受到赤色整肃事件的牵连以后，就不再有人找他合作，成了半隐退的状态。最近他恰巧听说凯斯制作的《近代能乐集》即将上演，于是主动提出加入阵容，可是凯斯根本无意把舞台设计交给他负责，因为他那种现实主义的套路已经过时了。所以，可以预期今晚的这顿饭恐怕不会吃得太愉快。

G先生的学院和书房位于旧公寓的一楼，地下室是餐厅和卧房。一进门，旁边有个小教室，里面摆了几张椅子，目前应该是G先生主要的收入来源。

他先带我们到书房参观，凯斯一进去就躺上了沙发床，像个大学生似的两腿一摊，嘴里叼着烟斗，这模样恰和年约四十的G先生那种散发出德国风格的忧郁与情感枯竭的类型，形成鲜明的对比。G先生让我们参观学院墙上挂得满满的照片和舞台设计旧作。G先生最具代表性的作品是《金童》首演时的舞台设计。不过那张照片已经旧得发黄，并没有带给我们太大的感动。

---

1 Angus Wilson（一九一三～一九九一），英国小说家。
2 Arthur Miller（一九一五～二〇〇五），美籍犹太裔剧作家。

我与凯斯事前商量过了，我们可以尽量讲些社交辞令，但是绝不能说出任何一句承诺。

　　G夫人告知晚餐已经准备好了，我们围坐在地下餐厅的圆桌旁。餐桌正中央摆着一大盘色拉，惊人的分量几乎不亚于一整桶饲草。

　　G夫人这个人引起了我的兴趣。这位教授夫人属于消瘦娇小、眼神犀利的类型，她随意扎起头发，穿着华丽的围裙，即使露出微笑，也不是发自内心的笑容。脸上满是疲惫的G先生，和浑身是刺的G夫人，这对夫妇坐在一起，看起来就像斯特林堡[1]剧作里的夫妇一样，阴郁的自尊心和强迫的意识形态，就是人们看待这对夫妇的印象。两人一面热情地招呼，一面拿锐利的眼神打量宾客。

　　色拉是每个人自行拿桌上的调味料掺拌后享用，因为我是日本人，G夫人频频建议我淋上酱油，让我不知该做何回应。香料炖饭煮成了难吃的锅巴粥，那条鱼根本让人难以下咽。夫人的积极劝餐使人倍感压力，而且采取传统的西方作风，自己先尝一口，不停赞美"好吃、好吃"，还要她丈夫帮腔，同样连声大赞"好吃、好吃"，形同强逼宾客非有同感不可。吃这顿饭，让我暗自叫苦不迭，幸亏事前已打过招呼，告知我稍后要去剧场，因此再挨上二十几分钟就可以告辞了。原本夫人只顾称赞自己做的饭菜美味，没有加入我们的对话，有时甚至唐突地打断她丈夫，要求帮忙递个调味料，但此时，我们的谈话恰巧告一段落，她赶忙逮住了这个时机，语气冰冷地提出建议：

　　"好了，三岛先生还得赶去别的地方，闲聊到此为止，开始谈正事吧！"

---

[1] August Strindberg（一八四九～一九一二），瑞典作家与剧作家，享有"现代戏剧之父"的美誉。

软弱的G先生噤口不语，凯斯和我也交换了个眼神，没再作声，只有夫人滔滔不绝地叨念丈夫后续的预定行程：

"他很快就要出差到波多黎各的大学演讲，麻烦在他出发前给个答复！"

"我想，差不多要等到您先生出差回来的时候，才能够做出明确的结论。"凯斯这样回答。可是，夫人非常不满意这个回答，面色骇人地沉默了片刻，然后说道：

"预定于圣诞节上演的戏，怎么到现在工作都还没分配妥当，这未免太奇怪了吧？"

——回程的路上，凯斯很开心地开着他那辆福斯轿车送我去市立中心，因为多亏必须送我去剧场，他才得以及早逃离虎口。我们两人在车上聊了很多关于G夫人的传闻。凯斯从方向盘抬起一只手，张开五指在空中抓了一把，挤出狰面獠牙的鬼脸低吼一声，说道：

"那女人是一头母老虎哩！"

十一月二十三日（星期六） 纽约

我和节目制作人之一、个性大而化之的切兹约好一起吃午餐。到了切兹家，遇见借住在那里的一个年轻人，名叫布莱恩。这个出生于阿根廷的年轻人性情爽朗，说是昨晚和他分租公寓的朋友（很多人在纽约为了节省生活开销，会与朋友合租公寓的一个房间）带女朋友回来过夜，他被撵了出去，走投无路之下，只好到切兹家来借宿。

吃过午餐，我们三人去中央公园散步。树木全都枯了，大量的鸽子也换上冬日的颜色，羽色像寒冬的天空。中央公园南侧的溜冰场正在洒水冻结冰面，喷向灰色天空上的水柱犹如锐利的刀刃。入口处左右两边排着长长的人龙，孩子们在等着开放的时间。

公园里可以看到许多人在遛狗。步道左右两边同时走来容貌丑怪的老妇人，手里都牵着比自己的长相不知漂亮多少倍的狗。那些狗在路中央一见到同伴，立刻打起了拳击般的嬉闹。老妇人则站着聊个没完，话题似乎都围绕着自家的狗。

附近有一座人造的假山丘，上面盖了一处水泥造的六角堂式建筑，乍看像一栋时髦的灵骨塔，其实是老人家的乐园，也就是免费供应暖气的棋房。推门而入，暖气和烟气让人呼吸困难。有些在烟幕中显得灰蒙羸瘠的老人在玩跳棋和西洋棋，陷入长考的面孔布满明显的皱纹；也有些老人只是进来取暖，一动不动地呆坐在窗边的长椅上，简直像死了似的。在这个阴森森的娱乐空间里，唯一鲜艳的色彩只有跳棋和西洋棋的红白棋子而已。

离开那里，我们走去动物园，扑鼻而来的是非洲狮那股强烈的盛夏气息。从动物园出来以后，我们沿着枯树下走了一阵子，向兜售的手推车摊贩买了三袋带壳花生。歇在地面的鸽子依旧妨碍人们通行，两三只狗拼命追逐鸽子和松鼠。放眼望去，从犹如一幅蕾丝般的枯木林间，可以瞥见中央公园东面那片灰褐色的摩天大楼群沐浴在和煦的阳光下。

一大片乌云罩了过来，清雪盈盈飘落。这尘埃似的细雪是今年的第一场雪。

切兹向我示范把花生搁在掌心喂食松鼠，我也跟着模仿起来。起初警惕的松鼠一步步靠近，终于从我手上叼走一粒花生，迅即逃出一两米远才停住，双手捧起那粒花生啃了好半响。我的掌心只觉得像被轻轻盖了个章似的。在纷飞的雪中，这只啮齿目动物细密又白皙的门牙显得格外分明。

我们三人玩兴大发，都把各人手中那袋花生全喂光了。最后，我甚至学起松鼠的动作，蹲下来两手捏捧着一粒花生，用门牙开始啃起来了，看得布莱恩和切兹哈哈大笑，重温大学时代的无忧无虑。

离开公园，我们冒着雪，高兴地沿着人行道跑了起来。不久，来到广场旅馆前的广场，看到白雪覆盖在那座骑马大青铜像上。

布莱恩道别离去，我则到切兹家。我们烧旺了火炉，喝着雪莉酒聊天。电话响了，布莱恩在电话里说："我分租公寓伙伴的女友说，还要再住一晚，所以今天我还是被撵出来了，你再收留我一个晚上吧！"

十一月二十四日（星期日）

昨晚，我到位于纽约郊区利瓦帝尔的亲戚T·G家暂住。下午独自出门散步。

哈德逊河畔的初冬阳光，感觉比纽约市内更加灿烂。丰沛的河面上，白色的油轮仿似在岸边那片蕾丝般的枯林间穿行而过。对岸的新泽西州的枯林，同样是一片朦胧的灰绿色。

我踢着落叶，步下河边斜坡的小径。干白色的林木全都是同一种橡树，下缘的枝条稀疏。站在斜坡下，可以窥见掩映在林间的栅栏大道。从这里继续沿着岸边走，就可以瞰视到六条铁轨和赤褐色的河水。

不能再循着河边走下去了，我于是掉头往回爬。

这一带色泽鲜艳的泥土属于黏土质，完全被掩盖在橡树的枯叶底下。我往下看，开始西斜的阳光恰巧从另一边低低地照在这堆枯叶冢上。定睛一瞧，一堆堆的落叶，宛如插着无数只美丽的玛瑙色的梳子。那其实是从枝丫上垂直落下，插入枯叶冢的好几枚叶片，而从后方透射过来的阳光，将它照出了如此炫目的色彩。看得更仔细些，其中一片落叶甚至映出了它背后一枝枯草的纤细身影。

我在栅栏大道上走了一段路，从二三二街的路口爬上左侧的坡道，眼前景象顿时一变，大量的汽车在眼前的高速公路上奔驰，高级轮胎和高级路面的疾速接触，发出了像裙摆摩擦的窸窣声。我等了又等，看来是没有机会穿越这条马路了，于是开始思索该如何沿着这条高速公路回到T·G的公寓。

十二月十日（星期二）——在纽约看过最差的一出舞台剧——

天空飘着蒙蒙的冷雨，再加上从华盛顿广场刮来的风，使得第五大道的尾端分外冻寒。我偶然在报纸的广告栏上，看到一家名为皇家剧院的外百老汇小剧场即将上演雨果的《吕意·布拉斯》[1]，那里离我的住处不远，于是打算走去买预售票。

曼哈顿所有的街道都以第五大道为界，分为东西两部分，只有第四街例外。所谓的东四街，是指位于百老汇大道以东的街道，而且，百老汇大道延伸到这一带平民区的路段，很明显偏向东边，因此，要从华盛顿广场走到百老汇大道，必须走上一大段路。我顶着寒风细雨步行，走了又走，还是只见建筑物的灰色巨块沿街林立，但是愈接近目的地，眼前的景物又转换成一栋栋仓库，以及偏僻而萧条的商店街。我不由得心生狐疑：这种地方真有剧场吗？

好不容易总算发现了一栋看起来像办公室的建筑物，外观已被煤烟

---

[1] *Ruy Blas*，法国文豪雨果于一八三八年创作的戏剧作品。

熏得灰黑了。我找到入口，推门进去，一股霉味迎面扑来。里面昏昏暗暗的，不像有人的感觉，接着才听到二楼传来了说话声。我踏着嘎吱作响的老楼梯爬上二楼，经过吊挂外套的地方，看到一扇大门敞开，走进去就是剧场了。剧场摆着一百二三十张椅子，面积不大，仍有一个设备完善的舞台，天花板还挂着三盏水晶吊灯，装潢成巴洛克风格，堪称一间古意盎然的小剧场。舞台上摆设了奶油色的明亮布景，一个中年女子站在观众席间，大声地指挥着什么。

中年女子一发现我进来，便转身迈着大步走了过来，问我有何贵干。一听到我回答是来买预售票的，她立刻喜形于色，嚷嚷着"太好了！"这还是我头一遭买票时受人欢呼"太好了！"。

票价相当便宜，所有的座席都是一美元七十分。真不敢相信纽约竟有这么便宜的舞台剧。而且我只买了一张票，对方居然频频道谢。

事实上，这位中年女子一开始根本不相信我是来买票的。她不停地问："欢迎您来……可是您怎么会找上这里呢？"我只好回答她："因为我还没看过雨果的剧作。"

买好票准备打道回府时，我预祝他们演出成功，但内心不禁对他们感到同情。

十二月十九日（星期四）

八点半，我到皇家剧院观赏《吕意·布拉斯》。在可容纳一百二十人的小剧场里，观众还不到二十个，稀稀落落的。我猜，只有我一个是自掏腰包来看戏的吧。帷幔揭开，道具和服装都很简陋，主角吕意·布拉斯是个毫不起眼、阴沉又老成的年轻人，倒是饰演王妃的女演员贾桂琳·贝尔多兰虽然有些年纪，但算得上是位风韵犹存的美人。

随着剧情的发展，记得是那位饰演达尔巴伯爵的演员，带了一本书出现，在舞台上到处走位时手中不停地翻掀书页。由于他太过频繁瞄看书页，让我对这项小道具有些起疑，原来他公然拿着剧本诵读台词！大概是临时找来代演的角色吧。

最后一幕的悲剧也无法掀起高潮。我真不懂他们为何要演这出戏，更不明白自己为何要来看这样的舞台剧。事后问了别人才知道，皇家剧院早就是一家臭名远扬的小剧场了，不管演什么都没有票房。大概是穷神在这间有古色古香吊灯和巴洛克风格装潢的小剧场里落了脚吧。

一九五八年一月八日（星期三）

罗马，可以说是旅行欧洲的日本人必须经过的海关。有的人从这里进入欧洲，有的人从这里返回日本……这已经是我第二次把游历各国的最后几天旅程，留在罗马度过了。是的，我依然记得自己将硬币投进特雷维喷泉，那溅进而起的水珠在月下漾着蓝光的情景。两趟长达半年的海外旅行[1]，我一样是在罗马这块土地画下句点，依依离情，使得这个城市在我眼中分外美丽。

一九五二年五月，罗马连日都是晴空万里的好天气，而这趟旅程的

---

[1] 作者三岛由纪夫曾周游世界三次，第一次是一九五一年十二月起，以《朝日新闻社》通讯员身份周游北美、南美与欧洲，历时半年；第二次是一九五七年七月起，受到美国克诺普出版社的邀约，造访美国纽约、墨西哥、西印度群岛、美国南部与欧洲，同样历时半年；第三次是一九六〇年十一月起，与妻子结伴旅游美国、欧洲、埃及、中国香港，前后约三个月。

最后一天，尽管时值一月，仍然和当年的五月同样艳阳高照。大概是因为情绪激动，我八点半就醒了。到旅馆柜台结账后，我出门去SAS航空公司确认机位，被告知我的预防注射证明书有问题。让人操心的事总是一桩接一桩。回旅馆的路上，我顺道去相当于银座的御幸大街的孔多蒂街，进了一家名叫古驰的名店，买了非常多条领带，再步行到人来人往的科尔索大道，走到尽头便是那座恰足以反映罗马人喜好庸俗庞大的范例——维克托·伊曼纽尔二世国家纪念碑。这里是向罗马这个城市道别最适合的地点。

我踏上宽大的阶梯，伊曼纽尔二世骑乘的那匹青铜马抬起肥硕前腿的马蹄，就在我的头顶上。愈往上爬，风势愈发强劲冷冽。我进入神殿风格的纪念堂，从顶楼极目眺向罗马的四面八方，望见罗马竞技场、市集广场，以及卡比托利欧博物馆。我绕回正面，往科尔索大道的方向看去。广场上有一辆辆亮着灯的小轿车，更远处的黄褐色的楼房挡住阳光，使科尔索大道显得既窄又暗。

回到地中海旅馆，在吃过午餐、整理完行李之后，我还有一些时间，于是站在窗前眺望加富尔路。这一带旅馆林立，也是全罗马最没有风情的地区，眼前就有阖上的百叶窗和土黄色墙壁的旅馆，煞风景地遮住了我的视线。虽是如此，但看着左手边那座现代化终点站尽头的那一道古城墙、前方那两棵丝柏、窗下那家招牌写着TABACCHI的香烟铺、不显眼的皮包店等等，不禁颇为伤感，想起这长达半年的旅程，就要在今天结束了。对面那家六层楼旅馆屋顶上的天空，方才还是蔚蓝的，此刻却逐渐掺了一抹浅灰。下午四点的罗马，天边依然连一朵云都不见踪影。

晚霞还没映在一节接一节的市区电车车顶上，但乍现即逝的光亮却规律地射入我的眼底。从电车的车窗可以瞥见一位女乘客蓬松秀发下方的脖颈。当那位意大利妇人乘电车去购物的回程，我已经搭上飞机了。这让我联想到，一个人的生或死，也许不过是其存在或不存在于某个地点的延伸看法而已。

夕阳透出了红彤彤的色调，终点站尽头的遥远山顶，也在落日的映照下，带着枯玫瑰般的颜色。

一月九日（星期四）

为何我已经坐了一整天的飞机，却一点也不觉得难受呢？离开雅典以后，从机上可以望见近东地区某个不知名港口的万家灯火，以及青色的灯塔。那座灯塔，彬彬有礼地安静离席，把自己的座位让给了在港湾蔓延的黑暗。这是近东风貌的一个美丽月夜。

又看到陆地了。灯光慢慢零星出现，尤其山里的那一两盏灯更是格外分明。片刻之后，这些光亮同样朝后奔离，取代出现的是壮阔的夜山英姿。当飞机从状似分水岭的屋脊上飞越而过时，可以看见屋顶上的积雪，宛如在月光下摊展开来的一张巨大的白熊毛皮。

（一九五八年四月、五月、六月、七月、九月、十一月·《新潮》·原标题《日记》）

叹见纽约

某种类型的纽约女子

A君已经抵达纽约，等待着下周一的会晤。这段时间没人陪他，加上熟识的朋友都去乡间避暑了，他一个人不晓得该如何打发周六的空当。还好，他买到了舞台剧的票，口袋里也还揣着三百美元，正好趁机来一趟冒险之旅。

散场时已过了十一点，时代广场依然人声鼎沸。由于附近的剧场几乎同时散场，从剧场门口通往时代广场的路上挤得摩肩接踵，人们的衣着打扮皆体面上流，一边聊着方才那出戏剧，从昏暗的小巷朝着金光四射的时代广场走去。

这个时段很难招到出租车。A君犹豫着该安分老实地搭上出租车回旅馆，还是在这一带溜达一下。

就在此时，走出剧场的人群当中，有一位年约二十四五、娇小微胖、身穿一袭黑洋装的女郎向A君问道：

"请问是在这里招出租车吗？"

众所周知，纽约在夏季期间有许多外地游客造访，因此这样的问话没什么好奇怪的。就算乡下来的美国人找上一个初来乍到的日本人问路，也不是什么稀奇事。A君于是转身回答：

"这个嘛，我也是昨天才到的，不太清楚。"

女郎嫣然一笑，说道：

"哦，这样呀？您是日本人吧。我去过日本，认得出来呢。"

日本人在外国，如果一见面就被问"您是日本人吗？"会觉得很开心，只是少有外国人如此询问。A君不禁露出微笑起来，说道：

"是吗？你去过日本的什么地方？"

"东京和京都。"

"你是哪里人？"

"我是俄亥俄州人哟。"

两个人就这么聊谈着并肩而行。A君不时打量身旁的女子，看来大抵是乡下人，但品位还算不差，耸挺的胸部亦是天生就有的。A君周游美国各地，已经习惯了陌生人也会像旧识老友般热络交谈，认为这女郎未必是欢场女子，可能只是一个来大都会观光的外地人，孤伶伶地度过周六的夜晚。

他们没走多久就决定找个地方喝茶。那女郎和A君都不晓得哪里有合适的店家，便往东走向百老汇大道。原本正要进入一家明亮的甜甜圈店铺，女郎又说想坐在有冷气的店里，于是两人继续找了一阵子，最后走进巷子里一家光线昏暗的酒吧，终于在店里一隅的幽暗的情人座落了座。A君点用苏格兰威士忌掺苏打水，女郎要了伏特加掺七喜汽水。A君先付了酒钱给服务生。

"让您破费了，真有绅士风范。和美国时下的年轻人一起上酒吧，他们总希望由女人付钱，真是糟糕哪……哎，坐在吧台前的那些人齐齐地盯着您瞧，您甭理睬，他们全是些傻瓜！"

A君重又端详起这女郎的长相，美中不足的是眼尾有些细纹，况且整个人散发着一股被生活压得喘不过气的疲累感。

"我是个护士哟！"不待A君发问，女郎径自解释，"这回是和医院里的同事利用休假结伴来纽约玩的，第一天跟着大家一起走，活像一群瞧新鲜的观光客，真让人受不了，而且那样的行程一点也不浪漫嘛。"

那女郎忽然牵起A君的手。

"哇，您的手真美！这是一双贵族的手，您想必是贵族，不不不，您肯定是位贵族！"

她随后聊起了小说的话题，说自己非常喜欢一部名为《埃及人》的小说，可惜后来被翻拍成了一出无趣的电影，算是糟蹋了原著云云。

女郎的伏特加很快就见底，A君为她续了一杯。女郎感激的眼神在A君的手上逡巡，并在不知不觉间把身子贴得更近了。

第二杯伏特加送上桌了。A君付了款，正要收起钱包，那女郎对钱包大表赞赏，并要求让她瞧一瞧。

"哟，真好看！这是日本货？对了，您带着日本的钱币吗？"

"我没带。"

"唉，没意思。我把从日本带回来的钱币做成项链，当作纪念品喔。大家都说该换回美金才好，可我觉得那是个很好的纪念呢。"

看来，女郎开始有了醉意，眼周微微地泛红。

"我的脸变红了？哎呀，真的变红了？讨厌死了。"她掏出提包里的化妆镜照了一眼，接着继续称赞A君。

"您在日本一定是位有钱的大爷，住在气派的大房子里吧？哪像我们过着无聊的小日子，乏味极了，还不如搬去某颗行星上住！"

"住到那种地方去，不害怕吗？"

"我才不怕呢！"女郎嘟起嘴巴，抚着A君的大腿说道，"我朋友还说想上金星呢。"

A君忽然想看看纽约的天空。他眺向窗外，最高却只能望见对面大厦的三楼，可即便能看到天空，在满街霓虹灯光的映照下，怕是连颗小星星的影子也甭想瞧见了。

女郎的第二杯伏特加又喝完了。A君刚要再次续杯，却被女郎拦住了，只见她端起A君那杯半剩的威士忌苏打啜了一口，杯缘留下了模糊的唇印。

"我们换家店继续喝。我住的旅馆附近有一家不错的酒吧。"

两人搭上出租车，去到了相当远的上城区。他们在一个街口下了车，女郎挽起A君的手臂，说是散步一小段路去酒吧。

时间早过午夜十二点了，路上光线很暗。那女郎唱起《卡门》里的哈巴涅拉舞曲，A君也跟着一起唱。路旁有一段阶梯通往地下室，边上围着铁栅栏。台阶的尽头一片漆黑，什么都看不见。女郎倏然停下了脚步。

"啊，我的丝袜松了，得停下来拉一拉，在这里等我一下，不可以走掉喔！一定要在这里等我，马上就好！"

女郎说着，朝A君抛了个媚眼，快步下了漆黑的阶梯。

A君倚在铁栅栏上，点起一支烟。他略一深思，打算逃回去，但又想再多留一阵子，看清楚这个女郎的真面目。正在犹豫时，女郎已经走上来说了声"让您久等了"，双手拍了拍身上那件紧身裙的下摆。

当两人坐在第二间酒吧的情人座里时，女郎已经搂住了A君，而A君也在醉意之下给了她今晚的第一个吻。那是一个极度炽热而不顾一切的亲吻。女郎全身紧贴着A君,解开前襟,若隐若现地露出了乳房。她有一双有些下垂的巨乳,看起来像是刻意往上束挤出来的。

即便在卿卿我我的时候,女郎依然仔细地看隔邻的情人座,"您认识刚刚入座的那个女人吗?那是一位名叫J·L的知名女星喔,她可是个大花痴呢!"

女郎又露出了大腿给A君看,接着,突然把手探进了他的裤袋里。

"你在做什么?"

"人家是在找手帕嘛。"

接着,女郎说了一个有关日本人肉体的猥亵笑话。

在这家酒吧,女郎才喝没多久就说要结账,让侍者把账单拿来,仔细核对之后,由A君付了酒钱。这种情况重复出现了两次后,A君问道:

"等一下再一块付不就行了?"

"那怎么行!这家酒吧经常趁客人喝醉没留神时,在账单上动手脚呢。"

A君忽然觉得很扫兴。看来,这女郎终归是个随处可见的妓女罢了。既然是妓女,前辈X先生曾教过他更为安全且简便的方法和妓女应对。一整晚始终泰然自若的A君,这时竟怯场了。

"今晚我要一个人回旅馆。和女友约好了明天从白天就要在一起缠绵了。"

A君的女友确实人在纽约,不过明天并没有约会。女郎听了以后,居然没有抓着他不放。

"哦,那今天晚上得储备精力才行呢。谢谢您的招待啰。"

于是,他们出了酒吧,搭上出租车。能够平安脱身的这股刺激,比起醉意更让A君感到醺然的满足。他紧搂住女郎的腰肢。

"我送你回旅馆吧。"

"没关系,我送您吧。让您招待了一整晚,实在过意不去。"

两个人争执了一会儿,最后仍是由女郎把A君送回旅馆的门前。两人吻别之后,A君说要付这段路的车资,女郎使劲地把他的手推回去,意思应该是让他"别那么客气"。

A君站在旅馆前,久久目送着女郎那辆出租车驶离。他走进旅馆,在大厅柜台取了钥匙。灯火通明的深夜大厅,更显得人影杳然的冷清。A君进了电梯,房间在十二楼。

他忽然想起什么,从外套的内袋掏出钱包一看,三百美元已经不翼而飞了。

盛大的感恩节派对

一位记者朋友要B君务必把十一月最后一个星期四,也就是感恩节之夜的时段预留下来。那位美国记者没讲太多细节,只说是当晚将举行像《荒山之夜》[1]那样一年一度的魔鬼盛宴。

到了那天,B君受邀共进一顿较晚的午餐。那是大家一同吃火鸡庆祝感恩节的家庭宴会。席间,他仍心神不宁地挂记着晚上的那场活动,好不容易才从盛情款待中溜出来,于晚间八点左右和那位记者会合,一起搭地铁前往哈林区,在一四五街附近出了站。

天空下着雨。尽管雨大风强,却异样地暖和,实在不像是纽约的初

---

[1] 交响诗《荒山之夜》(*Night on Bald Mountain*),由俄罗斯作曲家穆索尔斯基(Modest Petrovich Mussorgsky,一八三九~一八八一)依照俄罗斯的民间传说,于一八六七年六月二十三日谱成的管弦乐曲,内容描绘在六月二十四日的圣约翰节前一晚,妖魔鬼怪们群聚在基辅附近的荒山上狂欢庆祝的情景。

冬。从地铁车站往下走一小段，冒着大雨走上一座老旧的天桥，再步下回旋式的阴暗阶梯，来到天桥下的大马路上，只见路口的斜对角一片万头攒动，犹如一座黑压压的山。再朝前望去，人群的前方是一片刺眼的光亮，分不清是哀号或是呐喊的尖叫声此起彼落，听得B君胆战心惊，还以为目睹了凶杀案的现场呢。

穿越马路凑近一看，以"黑山"来形容这群人真是再贴切不过了。许多哈林区的黑人连伞也没撑，蜂聚包围着"摇滚天地"舞厅的门前。每当有汽车停在门前，他们便会吹起口哨，或纵声大笑，或尖声叫嚷。后来我才知道，由于舞厅的票价昂贵，那些黑人无法入场。从他们的肩缝中可以瞥见此刻恰巧有辆高级轿车停在门口，一对身材格外高挑、身穿晚礼服的男女正在下车。群众又吹起了口哨。穿着晚礼服的女士回过头来瞪了一眼，目光十分凌厉。

——B君虽然觉得有些不对劲，仍是随着记者穿过人群，朝门口走去。很多警察正在大声吆喝着指挥交通。进了舞厅，有一个像剧场那样的售票处，两人在那里买了票进场。舞厅里面很大，三侧都架高成古典式样的夹层楼面，格局近似于东京新桥的佛罗里达舞厅，但面积足有五倍大。舞池同样挤满了人，和聚集在广场的群众一样三五成群，单手拿着啤酒罐谈笑。爵士乐队正在后方的舞台上演奏，前方还延伸出像脱衣舞俱乐部那样的台道。氤氲的烟草气味直达天花板，人们宛如置身于金色的浊雾之中。后来B君听闻，这一晚舞厅里的人数超过了五千人。

一对客人进场了。一位高达一米八的壮硕女士由身穿燕尾服的高大男士护送步入，沿途向一个个陌生的舞客抛以媚笑，摄影班的闪光灯此起彼落，她立刻驻足并且搔首弄姿，还挤出尖细的嗓音，使劲甩动着裙摆。当这位女士靠近过来时，B君朝她仔细打量，这才发现那位高达一米八的壮硕女士有个偌大的喉结，而浓妆底下也露出了剃刮之后的胡青。B君总算恍然大悟，舞池里的女士看来不同寻常的原因是：这些貌似女士的人们根本是男性。

B君不明白的是，虽然绝大多数的美国人身形高大，但矮小的男子也不算少，为何偏偏都由这些高壮的大汉来穿上女装呢？在近处端详时可以发现，那种浓艳的妆容反倒凸显出男性面部的骨架，怪诞的样貌格外骇人。不幸之幸是，这群壮硕的女士聚在一起优雅地交谈时，不忘把玩着手中那柄偌大的鸵鸟羽扇，这一幕恰如老迈又丑陋的几位贵妇在社交场合里聊谈的情景，俨然成为一幅出色的讽刺漫画。

B君环视周遭，看到有巨大的黑人女士（其实是男士）全身上下围裹着阿拉伯样式的丝绸服饰，真像女的奥泰罗[1]；还有人戴上古怪的假发、插上色彩俗艳的樱花枝，扮成日本的名妓；甚至还有一对分别假扮成王族的国王与王妃。这时候，又有来客尖声吵嚷着入场了。任凭B君上下打量，这一位怎么看都像个女人。她是带有黑人血统的脱衣舞娘，琥珀色的肌肤只裹着缀有银色蝴蝶和抹胸的网纱紧身衣，下身曳着银纸做的长裙。她在此起彼落的闪光灯中舞动着秾纤合度的美丽躯体，B君愈看愈觉得她或许是男人。

其中也有人穿的是完全男性化的女装。一个相貌魁伟的黑人穿上气势凛然的燕尾服，戴着一顶白色的长假发，长达五米的薄纱从肩膀垂落下来，由两个黑人童仆拎捧着长纱，前方还有一个黑人童仆沿路洒着香水。看到有人以这般声势浩大的方式入场，实在让人忍俊不禁。

另外，还有一位臃肿肥胖的女士披着貂皮或绒鼠皮的奢华大衣。

---

[1] 歌剧《奥泰罗》（*Otello*）的主角，意大利作曲家威尔第（Giuseppe Fortunino Francesco Verdi，一八一三～一九〇一）于一八八七年完成的作品，改编自莎士比亚的同名戏剧《奥赛罗》（*Othello*）。奥泰罗是摩尔人，即肤色较深的穆斯林。

看着看着，B君脑中愈来愈混乱，一片茫然。他频频向记者问道：

"那个是男的吗？还是女的？"

"那个是男的！"

"那个是女的！"

就连原先十分笃定的记者，也开始对自己的答案没有把握了。虽有超过一半的舞客是正常的男士携着正常的女士前来，但也有扮成男装的女士，以及略施脂粉的男装美少年，还有像前面提到的比一般白人打扮得更女性化的男子，再加上舞池里充斥着黑人、白人和带有黑人血统者，甚至可以看到穿着女人的晚礼服、其隆起的胸部几可以假乱真的男人，而他身旁则站着一位同样穿着晚礼服、却动过隆乳手术的女人，这情况简直教人脑筋错乱。

B君由于精神上的疲劳不堪，加上场内蒸闷的热气，已经想要打道回府了。可是那位记者不让他回去，告诉他：

"你等到十点半嘛。接下来有一场选美比赛，不看就可惜啰！"

好不容易总算熬到了十点半，嘹亮的号角声响起。B君和记者奔上夹层楼面，粗鲁地闯进别人的包厢，站在包厢主人的背后俯瞰着下方的延伸台道。女装的选美比赛开始了。一个个"佳丽"依序走出主舞台，配合着音乐在延伸舞台上走起台步，最后走到尾端再步下舞池，消失在舞客之中。

每一位与赛者都在延伸台道上争奇斗艳，有人帅气地卸下薄纱或脱去外套，也有人表演起脱衣舞。有一位的貂皮大衣下摆被客人揪住了，倏然恢复了男性本色，扬起拳头怒骂一声"混账"，舞客顿时哄堂大笑。当然还有乍看之下的国色天香现身，这时人们便会吹起口哨并报以热烈的鼓掌。当中有一些颇为自恋的男子，或身穿金色的斗牛服饰，或裸着半身扮成足球员，不过在场的舞客对这些家伙只冷眼看待。其实，男人穿男装才是天经地义的，可在这里反倒视之为滑稽，实在莫名其妙。

舞客醉了，与赛者也醉了，步履蹒跚。比赛在连串的爆笑声中结束，时间已过十一点了。最后选出了第一名和第二名，奖杯颁发给了一位身穿黑色晚礼服的肥胖女子（其实是男人）。

舞客一个两个地离开，舞池渐渐显得空荡。依照规定，舞厅在十二点前必须打烊。

B君舒了一口气，走出舞厅，打在脸上的雨丝带来了凉意。一位穿着红色晚礼服的高壮女子在小雨中一把撩起了下摆，在奔跑中跳过一滩水，并以低沉的嗓音叫唤朋友：

"Let's take bus!"（咱们搭巴士吧！）

这景象把B君吓了一跳。看来这位高壮的"女子"打算以这身装扮搭巴士回家。

B君当天晚上左思右想之后，做出了以下的结论：纽约这个大都市，若是每年不像这样发泄一回，根本无法继续正常运作下去。想通了以后，B君这才得以呼呼大睡。

一个关于收费的故事

美国的旅游指南有时会提供错误的信息。书里写说，美国的大都市相当便利，可以尽管跑进药妆店借用洗手间。不过，C君非常清楚，药妆店并没有厕所出借的服务。

一个冬日的下午，C君因工作上的需要，前去拜访了一家美国人开设的事务所。要事谈完之后，双方聊得正起劲，C君忽然间有了便意。假若当时他借用了事务所的洗手间，就不会有后续的麻烦了，可是他有不便借用的理由。那家事务所是租下公寓作为办公室，因此屋内虽有厕所，但C君必须经过一个面识的漂亮女秘书的桌前，才能推开厕所的门扉。如果是小解倒也罢了，问题是身为一位日本绅士，他实在无法忍受自己在别人的事务所里，况且是在漂亮的女秘书面前，久久待在洗手间里不出来。

于是，C君笑容满面地向他们道了"再见"，离开事务所，搭电梯下楼，来到大厦外的冬日天空下。此刻，他脑中第一个浮现的念头是，自己该上哪里去解决这个重要的紧急问题。

他不停地走着，映入眼帘的只有水果店、古董铺、文具店、餐馆和银行。时间是下午四点，银行早已打烊，况且他并不饿，也不好意思向餐馆借用，再加上这附近并没有百货公司。C君就这么漫无目标地走了四个街区，总算找到一家自助餐厅，终于可以安心了。

他一进餐厅立刻点了一杯红茶，随口敷衍服务生的接待，眼睛已在搜寻洗手间的门了。好不容易才发现"洗手间请上二楼"的箭头指示。

他踏着肮脏的阶梯往上走。上到二楼，就看到一道门扉有着"MEN"的字样。他急急推门而入，不料门扉竟一动不动。仔细一瞧，原来门上有个投币器，必须搁进一枚五分钱的硬币，门扉才会开启。C君探遍了身上的口袋，很幸运地找到了一枚五分硬币，欣喜地心想这下没问题了。他把五分硬币投入孔里，门扉就咔嗒一声打开了。

一踏进门内，他顿时吓了一跳，因为逼仄的洗手间里竟挤着四五个男人。C君不晓得他们在排队等候，一眼瞥见旁边并列的两道门中有一处是敞开的，以为那间没人使用，二话不说就冲进去。可惜他没能成功。因为敞开的门里蹲着一个邋遢的老头，他猛然抬起那张憋气使劲的骇人面容，恶狠狠地瞪着C君。

C君大吃一惊，跳了出来，在一旁目睹一切的四五名男子都低声笑了。

满脸通红的C君忙乱地拉开那道装有五分钱投币器的门扉，逃了出来，瞬时感到自己十分可悲。这时，他陡然想起离这里四个街区处有一家广场旅馆。

在纽约，喜欢住华尔道夫旅馆的都是些暴发户，真正的富豪和上流人士都住广场旅馆。C君只是个没钱的观光客，至今还不曾踏入广场旅馆一步。

C君对于在自助餐厅上厕所已经不抱任何希望了，打算到广场旅馆挽回自己的名誉。

他近乎神速地飞快穿越四个街区，直到推开广场旅馆优雅的旋转门那一刻，终于舒了一口气。

在眼前呈现开来的是广场旅馆正值鸡尾酒时段的金碧辉煌的门厅，以及周围置满烛台形灯光的中央大宴会厅。制服泛着金光的侍者忙碌地穿梭其间，而身着晚礼服的绅士和淑女的步伐则像是踏着小步舞曲似的。这些人看起来仿佛都不具有排泄功能。

首先映入他眼里的是右方一处化妆室的标志，也就是女用洗手间。按理说，旁边或对面一定设有男用洗手间，可是他并没有看到。

C君疯狂地踩着旅馆一楼的厚地毯兜来转去。眼前所见尽是金碧辉煌与高贵优雅，他根本不知道该上哪才好。若是请教别人洗手间在什么地方，想必也不会有人理睬。

他完全不知所措，只得又转回门厅，细细打量。这时，一位绅士忽然从深紫色的布幔后方现身，只见那位绅士把小费递给了探出头来送客的一个老侍者。C君心想"一定是这里了！"可怎么也找不到"男用洗手间"的标志。等他细眼审视之后，赫然发现布幔上方挂着一幅偌小的玻璃画，画的是一个胖墩墩的绅士躺在安乐椅里吸雪茄的图案。

叹见纽约　165

这结果令C君火冒三丈。所有的人类都应该是平等的，为何独独女士的洗手间得以大大方方地挂着化妆室的标志，布幔也半掩半揭，而男士的洗手间却只能这样躲躲藏藏的呢？不过，此时的C君再也无暇思索了，他极力保持镇定地掀起深紫色的布幔走进去。老侍者一看到他的神情，大约早已心中有数了，赶紧殷勤地为他打开里面的厕门，这景况让他倍感滑稽。

　　——C君终于解决了燃眉之急，从容地站在镜前梳理头发，享受着老侍者为他刷去衣上尘屑的尊荣，再依照一流旅馆不成文的规定，在老侍者满是皱纹的苍白手掌里，搁下二十五分的银币。然后，他转身再次赏览那烛台灯光辉煌的宴会厅，思忖着或许有机会旧地重游，这才悠然推开广场旅馆的大门，走向了冻冷的户外。

（一九五八年五月·《ALL读物》）

纽约闲记

这趟旅行，我几乎没有看电影。我心想，回日本即可看到，而且最近美国电影很快就在日本上映，反倒是比日本还靠近美国的夏威夷，新片上映往往迟了半年之久。

我把看电影的时间省下来，去了一趟好莱坞。作家克里斯托弗·伊舍伍德先生定居在洛杉矶撰写剧本，他带我去参观二十世纪福克斯影片公司的片场，可惜摄影棚内空荡荡的，于是他又带我到距离很远的一处大水池，让我观看电影剧组正在拍摄潜水艇的场面。工作人员拿着水管朝浮出水面的潜艇指挥塔喷洒猛烈的水柱，在这炎热的午后增添了不少凉意。一个演员从指挥塔露出头来，不知在说些什么。我只看到这一幕而已。其实我向来觉得电影的拍摄过程单调又无聊，因此自己的小说被改拍成电影的时候，也很少去片场旁观。

克里斯托弗说，他打算把《约翰·克里斯朵夫》这部小说改编成电影，目前正在撰写剧本。总而言之，这个老爹很有才华，与我意趣相投。去年秋天，他原本预计造访日本一个星期的……

或许因为我大半的时间都待在纽约，所以对看电影没什么兴趣。纽约是一个惊世骇俗的城市，就算哪天有只河马躺在街头睡觉，路人也不会多瞧几眼。我就曾亲自撞见这样的情况。某日，我的美国好友邀我到家里坐坐，我打算买件玩具给他的小孩，于是前往五十七街著名的FAO施瓦兹玩具店选购。那家店平时就客满为患，店员忙不过来，我只好倚在货架前等候店员把玩具包装妥当。这时，我突然看到了亨利·方达[1]。他是位身形清瘦的绅士，即便穿着朴素的大衣、头上也没戴帽子，想必任何人都不会认错的。不过，他的肌肤已经呈现明显的老态，脸上还有刮过又冒出来的胡茬，布着血丝的两只眼睛有些混浊。尽管不如银幕里那般年轻，他仍然给人精悍的印象。亨利·方达四处打量，同样在物色玩具。令我惊讶的是，这家店的女性顾客不少，却没有人回头看他，也没有任何一位妇人奔走相告。这情形若发生在日本，但凡有明星从身旁经过，妇人总要以连那位明星都听得一清二楚的声量，雀跃地告诉身边的人："瞧，那是亨利·方达呢！"但是，我可以确定现场还是有人注意到他。我觉得这个现象很有意思，留神注视了好半响。两天后，我在《纽约时报》上看到亨利·方达目前为即将在百老汇上演的舞台剧而暂住纽约的消息。

百老汇的戏剧圈向来看不起好莱坞，但基于票房的考量，他们还是经常邀请恰值戏约空档的明星担纲演出，吸引影迷购票入场。去年秋季，他们邀请安妮·巴克斯特[2]担任《奇妙的平方根》（*The Square Root of Wonderful*[3]）这部舞台剧新作的女主角，可惜只是剧名新奇而已，加

---

[1] Henry Fonda（一九〇五～一九八二），美国舞台剧演员与影星。
[2] Anne Baxter（一九二三～一九八五），美国影星。
[3] 美国作家卡森·麦卡勒斯（Carson McCullers，一九一七～一九六七）撰写的剧本，于一九五八年公演。又，作者三岛由纪夫此处的剧名原文少写了定冠词"the"。

上女主角是个花瓶女星,没有演技可言,整出剧恶评如潮,不到一个月的时间就下档了。这说明即使由当红的电影明星主演,也未必就是票房的万灵丹。

相反地,由已故美国小说家托马斯·沃尔夫[1]的自传体小说《天使,望故乡》(Look Homeward, Angel)改编成的舞台剧却大受好评,场场客满,有些观众去年十二月预订到今年五月的门票,依然非常兴奋。这部舞台剧卖座之高,有很大程度是来自饰演主角,即年轻时的托马斯的安东尼·博金斯[2]所创造出来的。

然而,我对于他在舞台上的表现不以为然。他的面孔特别小,身材瘦高像长颈鹿,手长脚长的,但肢体协调不佳,一脸灰扑扑的表情。事实上,他确实很适合扮演这个傻乎乎的乡下少年的角色,但却没有表现出主角少年时代在土气中透显出来的艺术家特质。他确实很卖力演出,甚至演到动容处还泪流满面,但就是缺少一股真正打动人心的力量。他还称不上实力派的演员。会让我这样认为的原因是,在该片中扮演母亲的乔·范·弗利特[3](她曾经在电影《伊甸园之东》饰演詹姆斯·迪恩的母亲)甚至可与日本的歌舞伎名角尾上菊五郎相提并论,其精湛的演技向来备受赞誉,以至于使得同剧演员安东尼·博金斯的演技相形见绌。

而且,这部舞台剧的剧本很普通,并非精彩之作,我勉强挑出一段大概是从原著摘录下来的对话,给予这段美丽的台词所营造出来的影像一些掌声。

---

1 Thomas Clayton Wolfe(一九〇〇~一九三八),美国小说家,《天使,望故乡》为其一九二九年作品。
2 Anthony Perkins(一九三二~一九九二),美国舞台剧演员与歌星。
3 Jo Van Fleet(本名Catherine Josephine Van Fleet,一九一五~一九九六),美国舞台剧演员与影星。

女人：你很喜欢火车吧？

男人：嗯，只要把耳朵贴在铁轨上，仿佛就可以听见那些陌生的小镇热闹的喧嚣，还有人们日常的交谈与举动呢……

当观众在看帕特·布恩[1]主演的电影《四月蔷薇处处开》[2]时，倒还能保持理智；但当他们观看猫王埃尔维斯·普雷斯利主演的电影《监狱摇滚》[3]时，那种痴迷和狂热实在令我咋舌。

单是字幕上出现猫王的名字，便响起了尖叫和热烈的掌声，等他唱起第一首曲子，又是一阵尖叫和鼓掌，然后是他入狱后时被剃成光头的那一幕，戏院里又是一片尖叫。到这里我还能够理解，可是当猫王饰演的角色功成名就之后变得心高气傲，挚友为劝他回头而出拳击倒他的镜头，竟又博得了满堂彩？接着，这一拳打中了他的咽喉，他被送到医院，当医生表情沉重、低声告诉他："你这辈子再也不能唱歌了。"居然又传来了尖叫和拍手声，让我大为错愕。日后，我去参加美国人的派对时，经常把这件事说给大家听，众人无不听得捧腹大笑，甚至有个纽约的知识分子促狭地说："只有你最后说的这场戏的鼓掌，我也深表同意。"

（一九五五年五月·《大银幕》）

---

1 Pat Boone（本名Charles Eugene Boone，一九三四~），美国歌星、演员与作家。
2 *April Love*，美国歌舞片，一九五七年上映。
3 *Jailhouse Rock*，美国歌舞片，一九五七年上映。

纽约餐馆指南

每个人都说美国菜难吃得很，我对于这种众口铄金的说法向来抱持怀疑，不以为然，但我敢断言，墨西哥菜真的难以下咽，至少不合日本人的口味。若要在墨西哥长期生活，那又另当别论了。

在美国菜当中，你若看到"Institution food"的字眼，可要特别睁大眼睛。我敢向天发誓，这绝对是难吃至极。这个词语应该译为"公家机构的膳食"。换句话说，亦即受邀出国的日本学者到那家大学附设餐厅吃到的餐食、得到财团补助出国的人到该财团专属餐厅吃到的餐食、接受政府招待出国的人到各地政府单位或民间机构的员工餐厅吃到的餐食，这就是所谓的Institution food。那些从日本被派到美国的人员，不管上哪里都只能吃到这种食物，难怪他们会齐声批评"美国菜难吃得要命"。

此外，一般自助餐厅和Automat投币自助连锁餐厅[1]的餐食，我敢向

---

[1] 美国第一家投币自助餐厅，一九〇二年六月开幕。以食物自动贩卖机的理念大幅缩减经营开销，其后陆续增设分店，成为全美第一家快餐连锁企业，已于二〇〇五年关闭了最后一家分店。

天地神明发誓，真的难以下咽。不过这些餐馆收费最便宜，所以也不好百般挑剔，只能安慰自己，比起日本的廉价饭馆提供的饭菜，这些餐点还算营养丰富。受到携带外币限制的日本旅客，多半只能到那种等级的餐厅用餐，难怪他们要抱怨"美国菜难吃得要命"。除了饭菜难吃，店内又没什么像样的装潢，真使人摇头叹息，来自日本的旅客当然就愈发想念家乡味了。

尽管如此，在美国有三个城市可以享用到美食：第一是纽约，第二是新奥尔良，第三是旧金山。

我曾在某家报纸上写过，这趟旅程在纽约品尝到的烤牛肉，那滋味令我难以忘怀。回到日本以后，我吃过两三次美味的烤牛肉，只是日本多半采用英式烤法，肉的硬度比较接近牛排；可是我在纽约吃到的烤牛肉，菜谱上写的是Prime Rib of Beef au Jus，一大片厚肉块汩汩泌出半透明状的鲜美肉汁，切下一小片搁进嘴里，柔嫩得仿佛入口即化。而且那种口感，绝不是像吃罐头碎牛肉那样碎成丁状，而是肉块与毫不腻口的肉汁均匀地糅合在一起，缓缓地融化开来。原本我以为美国的牛排没什么特色可言，所以只点用烤牛肉来吃，想不到这种烹煮方式，居然能让肉的滋味变得如此鲜美浓醇。躺在大盘子上的巨大肉块，就这么一口接一口地吞下肚了。我一度怀疑店家该不会加了某种让肉变得柔软的药物（tenderer[1]），但后来忘了查问。坐落在第五十二街上、介于公园大道和莱辛顿大道之间的阿尔萧特餐厅（Al Schacht）就是以烤牛肉作为招牌菜，果然掳获了我的味蕾。还有华尔道夫旅馆里的孔雀廊餐厅，这家的烤牛肉也非常美味。此外，我还到过其他几家餐馆，但会让我"大为惊艳"的只有这两家。

---

1 此处应为作者三岛由纪夫笔误。Tenderer意指投标人、偿还人，Tenderizer才是嫩肉精。

纽约有许多餐馆都提供一种叫Smorgasbord[1]的前菜，桌上摆满几十盘菜肴，让顾客自行夹取到个人的餐盘里。这种菜式属于北欧菜系，可惜做得好吃的餐馆并不多。朋友曾带我去一家馆子品尝，味道还不错，可惜我忘记店名了。

纽约的意大利餐厅同样多不胜数。我原本不太喜欢吃意大利菜，总觉得只有到当地，才能尝到意大利面最地道的风味。况且也唯有在意大利，才能享用得到二十几道丰盛多彩的antipasto[2]的豪华桌边服务，所以我在纽约实在提不起兴致。不过，朋友经常邀我到一家位于第五十二街上、介于莱辛顿大道和第三大道之间的"玛利亚"意大利餐厅用餐。我记得这里只要花上四美元左右，就能享用到从antipasto开始上菜的完整套餐，每一道菜的分量都很少，类似日本以前的资生堂或风月堂糕饼店那般小巧的分量，完全不像意大利式的摆盘，味道也很清淡，不过，这恰恰适合日本人的口味，但我还不曾在这家餐厅看过其他日本人上门。

我在纽约几乎没有吃过德国料理，在夏威夷倒是去过一家号称提供德国菜的餐馆，点了一份eisbein（德国猪脚），服务生竟听不懂菜名，简直让我傻眼。在美国，像这样只学了一招半式就出来开餐厅的店家很多。

西班牙菜中有很多类似马赛鱼汤的炖菜，我实在吃不来，不过格林尼治村那家"海亚莱"价格便宜，东西也好吃。

在纽约也常吃到亚美尼亚菜，我经常去一家看似外行人经营的餐馆，挂在门口的招牌上写的是我看不懂的土耳其文，店内的灯光像日本的研究室，里面惯常是高朋满座。老板不卖酒，我只好自购葡萄酒带去。那家餐馆叫作萨亚得诺瓦（Sayat Nova）。亚美尼亚菜全都以羊绞

---

1 斯堪的纳维亚式自助餐，亦称为海盗菜，由此演变为现今的西式自助餐。
2 即意大利文的前菜。

肉为主，比方茄子镶羊肉、西红柿镶羊肉之类的菜肴，上面浇淋掺了辣椒的酱汁，旁边搁上一撮炒饭，再配上面粉做成的大煎饼，这样的餐食和红葡萄酒再搭配不过了。另外，还有一种油炸后裹上蜜糖的甜派也很好吃，店家还会送上地道的土耳其咖啡。这家餐馆位于格林尼治村的布里克街和查尔斯街的交叉口。

另外，纽约的餐厅也常做鱼类料理。不过美国中西部的居民和以前的京都人很像，吃鱼容易发生食物中毒的观念一直深植心底，因此从小就没有吃鱼的习惯，有不少人即使后来搬到纽约，依然坚持不吃鱼（甚至包括虾）。依我看来，这些一辈子只吃肉食的人，只尝到了人生的一半滋味。

位于第三大道的"海王餐厅"空间明亮，却没什么气氛。我点了一只焙炙龙虾，女服务生立即拎来活生生的龙虾，当面询问是否满意，我很欣赏这种周到的服务，所以经常上那里光顾。这家餐厅的虾子和生蚝风味绝佳。不过，这里只有蓝点蚝和近海产的两三种蚝类，若是单就生蚝做比较，这地方远比巴黎来得逊色多了。

在珍稀佳肴方面，莱辛顿饭店的地下夜总会"夏威夷厅"提供夏威夷鸡尾酒和夏威夷菜，但这些全都不合格。

接下来谈谈我最重视的法国菜。我没在这里看到像日本那家"花树"等级的法国菜餐厅。如果想找一家价格不菲、服务生能说法语、店内气氛高雅、菜色也不难吃的高级餐厅，我推荐位于东五十二街的"路易与阿曼得"和西四十六街的"香特克雷尔"这两家，可惜吃起来总觉得比较接近美国菜。我的美食专家朋友说，有家店叫"巴黎斯·布雷司特"（位于第五十街与第九大道交叉口），空间不大，布置简朴，还有点脏，但那里却是全纽约唯一可以品尝到地道法国菜的餐馆，再加上价钱低廉，所以我时常去那里。店内的气氛就像巴黎市井小民经常光顾的饭馆，装潢不怎么讲究，完全是凭美味的菜肴吸引顾客上门。

好了，如果还要谈到中国菜，恐怕就讲不完了，囿于篇幅限制，这部分留待下次的机会慢慢说明。

（一九五八年五月·《Amakara》）

总统大选

离开日本以前，大家都告诉我十一月四日会举行总统大选，我没查证就相信了这则信息。按照行程安排，我当天会在夏威夷，原本打算好好地睡上一天，不理会远在美国本土的选战喧嚣，可是抵达檀香山之后，就感觉不太对劲了。我向当地旅馆的柜台人员询问，也问过出租车司机，他们都不知道投票日是哪一天。出租车司机不无挖苦地说："反正我这种人是out of order，不会去投票。我才不管谁当总统咧！"自从夏威夷成为美国的一州以后[1]，这是该州州民首度享得投票权，没想到大家都意兴阑珊。

我恰巧在十一月八日投票前夕抵达洛杉矶。一走进饭店，里面闹哄哄的，柜台前人满为患，尽管我已经事先订房，但是那一夜却被安排住

---

[1] 夏威夷于一九五九年八月二十一日成为美国第五十州。

到对街的盖洛德旅馆，因为这天晚上总统候选人尼克松阵营的人马要在这家饭店下榻。我一时大意，居然不知道这家国宾饭店是共和党的竞选总部。

投票日前一晚，街道静悄悄的，除了按规定晚上七点以前不卖酒以外，其他没什么不同，只有国宾饭店里一片闹腾。我看到有女孩斜背着写有尼克松名字的布条，有胸前别着义工名牌的中年女士，还有满脸神气、年约五十的夫妇以及摄影记者走来走去。我来到街上，印象特别深刻的是那些出租车司机各有支持的对象，其中一个五十出头的出租车司机说："我要把这一票投给肯尼迪！他是个有血有泪、真性情的人。不过，他推出政策主张还不到一个月，我得继续观察才行！"此外，我在公交车上看到了一个中年妇人专注地阅读一本传记，书封上印着大大的肯尼迪头像。

投票当天傍晚，我终于得以住进了国宾饭店。虽然旅人没有特定的政党倾向，但我对于前一晚硬是被赶出饭店那件事余怒未消，因此迁怒到尼克松身上，暗自期盼肯尼迪能够胜选。

黄昏时刻，计票结果即将分晓。整间国宾饭店上上下下，人人情绪高涨，我在桌前等着晚餐送来，却迟迟不见色拉上桌，最后只好放弃晚餐，去观赏歌剧。等我返回饭店的时候，已经出了号外新闻，上面是斗大的红色标题"肯尼迪获胜！"那天晚上，我到该饭店内一间名为椰子球的知名夜总会小酌，里面没什么客人，台上艺人的笑闹表演显得格外空虚。

那天晚上，尼克松阵营已在该饭店的大宴会厅里举行完预祝胜选的庆祝餐会。我看见一个老人伸手指向贴在走廊的海报上的"胜选"文字，自言自语地说："也罢，我也不想责备他了。"

街上依然静悄悄的，没什么行人。我没多留意，不巧走进一家早已打烊的餐馆，里头只剩一个顾客和调酒师全神贯注于吧台的电视画面上的最新计票数字，连我走进店里都不理不睬。整间餐馆里的桌椅都已罩上白布，只有那台电视发出激动的叫喊。

我回到旅馆房间，在电视机前坐了下来，愈看愈有意思，结果通宵盯着电视画面，一整夜都没睡。肯尼迪几乎已经笃定当选，尼克松只能寄望于险胜的可能性，但肯尼迪仍以些微的票数一路领先竞选对手。

尽管肯尼迪的故乡正是加州，这里可说是他的票仓，可是他在这一州的票数仅仅以"毫厘之差"领先。我盯着电视荧幕上分秒变化的票数。十一月九日凌晨四点，肯尼迪的票数终于冲到三千万票。我一直等到他以百万票的差距赢过尼克松，这才上床睡觉。在大选实时开票报道中插播了一则最新消息，几乎已经确定败选的尼克松夫妇联袂出现在镜头上。表情五味杂陈的尼克松夫人流下眼泪，尼克松却像个没事人似的神清气爽，微笑着发表了声明："我国下一届总统应该是肯尼迪先生了。无论结果如何，我们美国人民应该团结一致，为自由与和平努力。"看到这个画面，我觉得尼克松不愧是个老江湖。

十一月九日十点多，电视上出现了当选新任总统的肯尼迪满脸倦容地向夹道欢呼的民众挥手致意，并贴心地挽着怀有身孕的美丽夫人，发表当选感言的画面。我在饭店的走廊，看到胸前别着"支持尼克松"徽章的群众，依然在饭店里逗留。他们的步态虽然透着冷傲威风，但较之昨日，今天看起来似乎显得有些傻。

——于洛杉矶

（一九六〇年十一月二十一日·《每日新闻》·原标题《一个旅人与美国总统大选》）

# 口沫横飞
——《近代能乐集》纽约试演记

一九五七年我来纽约的时候，唐纳德·基恩先生英译的《近代能乐集》刚好就在这时由克诺普出版社出版了，并在不久后确定这部舞台剧将在外百老汇公演。我为了留下来看首演，又想尽办法在纽约呆了好一段日子，无奈最后还是垂头丧气地返国了。这段经历之前已经写过，此处略去，不再详述。不过在逗留当地的那段期间，我学习到相当多关于纽约剧场的实用知识。譬如即便只在两百个座席的小剧场公演，也必须耗资一千数百万日元；若是在百老汇公演的戏剧，预算甚至动辄高达数亿日元；还有，要筹措到这么庞大的资金，其过程相当艰辛……此外，我也见识到了这一切幕后工作，都与剧场相关工会有着密切的关系。

于是，我这趟旅行出发前，心里明白虽然有机会再度造访纽约，但最好还是别期待能看到自己的剧作上演，才不会再次尝到希望落空的滋味。没想到这回居然真的看到了自己的剧作唯一一次的试演，不得不说非常幸运。

　　这出戏是在一处名叫白仓库的小剧场试演。这个实验剧场是由一位住在康涅狄格州的女士主持的，这五年以来，每一年的表演季，她总会邀集五位剧作家，于纽约格林尼治村的剧场里个别举行一次作品试演，每周二下午开演。门票里大约有七成都是预购五场的套票。今年表演季的戏码除了我的《近代能乐集》，还有贝克特[1]和尤内斯库[2]等人的小品之作。据说在这个实验剧场试演成功的作品，有不少随后都登上了外百老汇的舞台。在格林尼治村众多小剧场里，这间丽斯剧场同样属于这位康涅狄格州的女士所有，目前晚间时段演出的是，时隔六年重新上演的《三便士歌剧》。

　　这位名为露西尔·罗特尔的女士非常富有，待在纽约的期间都住在广场旅馆。试演的前一晚，罗特尔女士邀请我们夫妇及唐纳德·基恩先生一起去她那里用餐。我们走过广场饭店的豪华大厅，搭电梯到七楼，来到七〇一和七〇二室门前。这个两间连通的大客房，即是罗特尔女士在纽约的居所，里面摆置了路易时代风格的家具与屏风，看起来非常华丽。

　　罗特尔女士是个中年妇人，五官样貌像法国人，感觉比弗朗索瓦丝·罗赛[3]更可爱一点。可以想见，她年轻时必定是个美人，但现在颈戴珍珠项链、身穿一袭黑色洋装的她，从袖口露出的却是一双肥嫩嫩的粗胖手臂，令人咋舌。在同年龄的外国女性当中，她的皮肤该算是保养得

---

1 指萨缪尔·贝克特（Samuel Beckett，一九〇六～一九八九）爱尔兰裔法国诗人、小说家与剧作家。
2 应指欧仁·尤内斯库（Eugene Ionesco，一九〇九年～一九九四年），罗马尼亚裔法国剧作家，作品属于荒诞派戏剧。
3 Françoise Rosay（一八九一～一九七四），法国女星。

口沫横飞　185

宜的了。罗特尔女士介绍房里一个非常年轻但脸色苍白的男秘书和我们认识。我注意到这个男秘书似乎态度有点懒散，个性也比较被动，与处事明快的罗特尔女士截然不同。每当罗特尔女士飞快地下达命令，他总是闭起那双睫毛纤长的眼睛，缓缓地点头听命。

　　罗特尔女士拥有这个国家从事剧场工作的女性特有的处事才华，以及说起话来口若悬河、抑扬顿挫节奏分明的个人特质。她在啜饮餐前酒时，滔滔不绝地提醒我们一些注意事项：今晚的彩排没有灯光照明和大型道具，如果有任何意见，请尽管向导演直说无妨，但是不要在演员面前提起等等。在下楼用餐之前，她拉开一片窗帘，让我们欣赏中央公园的夜景。从七楼往下看的中央公园，树木已成了一片枯林，底下的地面零星亮着几盏脚灯，看来分外寂寥，其中只有一处特别灯火通明，那地方是滑冰场。微小的人影像一只只小虫子般，在闪耀着亮光的冰面上兜着圈圈，看来很有意思。这感觉好似在暗夜里偷窥稀疏树林远处的一场怪物聚会。

　　我们在爱德华提安厅享用晚餐。罗特尔女士吩咐服务生把电话机拿来搁在餐桌旁的窗台上，在用餐期间，她总共打了五通电话。我后来明白了，她和电话之间的关系，就像磁石和铁一样密切，不论走到哪里，电话总是与她形影不离。当她披着貂皮大衣，神气地走在广场旅馆铺着厚地毯的走廊上时，我忽然留意到她的身体略微贴近墙壁，定睛一看，原来她已经抓起设置在走廊上的电话机开始与人通话了。

　　八点半，我们搭乘罗特尔女士的专属出租车去了丽斯剧场。罗特尔女士的丈夫休威兹萨先生是一位企业家，他为经常在纽约奔波的夫人想了一个绝妙的好主意。他买下一辆昂贵的梅赛德斯-奔驰轿车漆成黄色，取得了出租车的营业许可，在车身喷上"二十五美分起跳"的几个大字，要求司机路易必须随时在旅馆或事务所门口附近待命。因为在纽约只有出租车才能随处停靠，要是自家轿车就没有这么方便了。

坐进车里，我在司机座椅的背面看到印制精美的凤尾船广告单，原来是休威兹萨先生在威尼斯拥有的一艘凤尾船的图画，上面还写着"如果到威尼斯，请告诉船夫布鲁诺是路易介绍来的"。我们打算稍后到威尼斯时去找这艘凤尾船。

在剧场里彩排的所有过程，都和日本的文学座剧团的彩排过程没什么差别，这里应该不必详述了。明天上演的只有《葵夫人》和《班女》这两出戏码而已。由于美国人实在无法精准发出"葵夫人"的日语拼音，罗特尔女士提议把剧名改为《斋藤夫人》，基恩先生深觉不妥，将它改成了《茜夫人》，英文译为 *Lady Akane*，我认为这是个相当优美的剧名。顺带一提，罗特尔女士之所以想到"斋藤"这个姓名，应该是从纽约一家著名日本料理店的店名联想而来的。

*

翌日，终于到了试演当天。

这天早上，我杂事缠身，离开旅馆赶赴两点半的开演时，竟忘了买花送给《葵夫人》女主角安·米查姆[1]，于是，我在两点十分时冲进一家花店订了一打硕大的白菊，请店家在三点前把鲜花送到后台。后来米查姆女士向我致谢，看来美国的花店果真使命必达。安·米查姆女士自从演出了田纳西·威廉斯[2]的剧作《突然之间，去年夏天》[3]以后，立时跃

---

1 Mary Anne Meacham（一九二五~二〇〇六），美国舞台剧演员、电影与电视女星。
2 Tennessee Williams（一九一一~一九八三），美国作家与剧作家。
3 *Suddenly, Last Summer*，安·米查姆参与一九五八年的公演。

升为领衔主演,目前在外百老汇公演中的《海达·高布乐》[1]同样广受好评,甚至被誉为外百老汇的最佳女演员。

来到剧场的观众,女士多半穿着毛皮大衣,以年轻人居多,包括《纽约时报》和来自丘园地区的评论家,以及其他正值舞台剧公演期间的女演员和制作人都来共襄盛举,总而言之,来看戏的以同业居多。《班女》开始上演了。背景只有一片黑幕,前方摆着画布和画架。画家实子穿着黑色的工作服、披着红外套,披头散发地奔了进来……这出舞台剧的整体分数,包括导戏和演技在内,顶多只有日本的卫星剧团的表演水平。昨晚没睡饱的我,在这三十分钟的单幕剧中频频呵欠,还打了两个小盹。相较之下,《葵夫人》就相当不错。饰演护士的萝斯·阿莉克女士虽然演得有点卡通化,仍不失精湛的演技,而饰演光的迈可·卡兰先生丝毫没有嬉皮笑脸,成功地诠释了这个严肃的角色。其中,最令人震撼的就是安·米查姆女士了。那件运用了中国服设计元素的黑底缀金和服十分奇特,穿在她身上显得比昨天更优雅,盘起的金发和妖艳的妆容更是画龙点睛,她深沉而柔和的声音,清晰的发音,诠释了中年妇人对爱情的执着和嫉妒的表现……这一切都与我梦想中的六条康子的幻影极度神似。唯一美中不足的是最后一幕,原本葵夫人该从床上摔落地面而亡,却改成了尖叫一声后在床上死去,把整出戏的结局搞砸了。大概是导演担心饰演葵夫人的女演员会受伤吧。

舞台剧于四点左右落幕,随后在剧场二楼举行鸡尾酒会。当我赫然发现其中一位观众竟是伊藤整[2]先生时,简直无法形容心中的喜悦。换

---

[1] *Hedda Gabler*,亨利克·易卜生(Henrik Johan Ibsen,一八二八~一九〇六,挪威诗人、剧作家与剧场导演)剧作,安·米查姆参与一九六一年的公演。
[2] 伊藤整(一九〇五~一九六九),日本诗人、小说家、翻译家与文艺评论家。

188　小说家的旅行

作是我去到某个外国城市，即便恰好得知有同为日本作家的戏剧举办试演，大概也提不起兴趣去看吧。

在鸡尾酒会上，有位导演找我聊谈，说得口沫横飞，而且正如这句话所形容的，果真从他的嘴角喷出一口白沫到我西装的袖子上。他连声道歉也没有，继续畅所欲言，一边讲话一边伸出手指拼命搓抹我袖子上那块沾到白沫的地方，这举动令我吃惊不已。我马上把这件事转述给伊藤先生听，伊藤先生很开心地告诉我："这位导演居然会伸手搓抹，真有意思呀！换成是日本人遇到同样的情形，不是道歉，就是佯装不知吧！"

当天深夜一点，我在旅馆电梯里买到刚出刊的《纽约时报》早报，拿回房里读，感觉有些兴奋。报道中尽是连篇赞美，我完全没有预料到会得到这么高的评价。不过，报上的剧评经常对在百老汇公演的戏剧大肆挞伐，但对于在外百老汇基于热爱戏剧而演出的作品、或是只举办唯一一次的试演，评论家通常会手下留情，这个因素不能不列入考量。

罗特尔女士旋即打来电话道贺，我也向她恭喜演出成功。我想象着在深夜的广场旅馆那间优雅的寝室里，欢天喜地抱着电话的罗特尔女士那徐娘半老的嘴角口沫四溅的景象。不过，仔细想想，今天从大清早到深夜，我这张嘴还真是讲了一整天没停过呢。

（一九六一年一月·《声》）

金字塔和毒品

在并未受人之托下，已经环游世界三趟的旅人，早已磨成了一个老滑头，不会事事大惊小怪了。饶是如此，首度造访的地方仍会觉得新鲜。虽说新鲜，可就算对威尼斯的奇景十分感动，脑子里还是会先浮现"倒也不必对威尼斯给予溢美之词"的念头。

尽管这样，有几幕景象至今依然深深地烙印在我的眼底：葡萄牙首都里斯本的绝妙之美、开罗金字塔那奇妙而鲜活的存在感、香港鸦片窟犹如梦魇般的晦暗氛围……这些都是绚烂的记忆片段。我在这趟旅行中，特别希望自己能够尽量体会那稍纵即逝的感官享受。

比方金字塔的存在感就相当独特，令人很不舒服。早前，我已在墨西哥看过阶梯式金字塔不祥的样貌了，但墨西哥的金字塔四周都是丛密的森林，那种程度的阴森我还能够应付，可是开罗这里的金字塔却是在沙漠中拔地而起，并且紧邻着现代城市，这种装腔作态的金字塔所散发出来的阴森气息,不知要可怕多少倍。有人邀我到高尔夫球俱乐部的阳台上,我不经意间回头一瞥,望见金字塔宛如重重压在尤加利树高耸的树梢上时,顿时感到那东西"在那里"。这和半夜起身小解时一打开厕门,赫然惊见鬼怪"在那里"时的感觉,应该是一样的吧。

鬼怪还和人长得有三分像,没那么恐怖,但是金字塔完全属于无机质,况且那种存在并非只是埃及的废墟那种建筑形态的单纯石块,而是一种不上不下、令人反感的存在。那种存在会永远横亘在人类与精神之间,带着恶意妨碍人类与精神的亲密结合。欧洲所有的遗迹,从最典雅到最低俗的遗迹,统统都含有这种人类与精神的亲密结合,唯独埃及建造了这种令人反感的纪念碑。金字塔虽然是为了某种明确的目的而建造的,但如今看来,它只像是为了"在那里",亦即为了存在而存在着。埃及人为了对抗死亡和永恒,似乎发现了单凭人类的力量绝对不够,还必须加入精神的力量才行,所以才想借助某种巨大存在的力量,共同对抗。于是,人类被埋进了存在之中,唯独金字塔依旧"在那里"。

这确实是某种文明的做法,也确实是某种宗教的归结,然而,那亦的确是让人头晕目眩的黑暗文明。直到我游历过欧洲以后来到这里,这才弄清楚,原来欧洲不过是一小块大陆的特殊文明形态罢了。

不过,我冬天在欧洲旅行时,每天都渴望见到太阳。当我在巴黎和汉堡,看到店家在白天依然没有关掉霓虹灯时,不禁十分错愕。早上起来,分不清窗外是晨光还是黄昏的微明,霓虹灯的光线依然灿烂,比夜里看来还要鲜艳。巴黎的冬季,天空总是一片阴霾,那种冻寒,那种永远的鼠灰色……还有到处闪烁着的冷色调的霓虹灯,使我完全无法忍受。我实在很怀疑,为何人们能在那么阴郁的冬天活下去?直到此时,我才明白日本这个国家蒙受了太阳的无比恩典。

然而,等我来到埃及,果真见到了辉耀的太阳后,我仿佛看到了从

金字塔和毒品　193

那里到亚洲，有一种极度黑暗的文明，那是欧洲人过去从来不曾借助过那股力量的存在学的文明，开始启动了。

至于将人类快速还原成纯粹的"存在"的方法，应该就是毒品了。为了与死亡和永恒对抗，而将人类的肉体改变成纯粹的存在的秘密方法，这两者之间肯定暗中有某种关联。

事实上，即便在埃及，我在开罗南郊游客稀少的达苏尔那座半圮的金字塔下，看到了被埋在沙堆中的哈希什[1]原料的草丛。在沙漠吹来的微风中，这种毒品的草叶摇摆着尖锐的身躯。

香港。我第一次看到的中国城市。中国内地已经明令禁止的古老败德，也随着大量难民一起逃到了这里，苟延残喘。

在十个警察进入搜捕、穿过那片逼仄小径迷宫走出来时，只剩下八个警察的那座九龙城寨[2]，我紧盯着前方熟门熟路的领路人的手电筒灯光，随他穿梭在这片暗街小巷。

深夜时分，家家户户已经关上挡雨窗，赶夜工的纺织工厂传来单调的机械声，我们沿着臭水沟，在弯弯曲曲的石阶小路爬上爬下。犹如高处石室般的屋子二楼的小窗，像在这一片黑中开了一个暗孔。偶尔朝几处泄出灯光的屋里看一眼，只见那些在茶馆厅堂里搓麻将的人们凶狠地瞪着我们。路边，炒蒜头的气味催人作呕。我们走在人迹罕至的暗巷，蒜头的气味不再明显，取而代之的是浓浓的血腥味。人们似乎在这里私宰猪只。一个年约五十、穿着黑色衣服的男人，久久倚在某一户屋子的门边，黑暗中只看得见他的半边身影。他目光迷离、眼睛黄浊，脸部皮

---

[1] Hashish，由印度大麻提炼而成的麻醉药品。
[2] 在今日九龙城里由居民独立自治的一座围城，此地犯罪率极高，于一九九三年全数拆除。

肤松垮垮的像马粪纸的颜色。这个男人很明显的是鸦片成瘾者。

他真真确确地"在那里"，就和金字塔的"在那里"一样。那张堕落到存在底层的面庞，看起来只像是一个小洞，已经完全失去了脸部的机能，而那相当于我们要立身于社会的凭证。那个洞虽然小，却很危险，若是朝洞里探看，肯定会看到整个世界正在往下掉。

可是，那依然表示存在过。它的曾经存在，嘲笑着企图将人类和精神联结起来的一切欧洲作风的努力。我知道，这种面容仍存在于世界上的每一个角落。当我们忘掉这种面容、兀自过着生活时，也很乐观地忘记了死亡和永恒、兀自过着生活。毕竟，我们还有很多人事物得应付！

（一九六一年一月二十八日·《每日新闻》·原标题《金字塔和毒品——没有感动的旅人》）

旅途之夜

在香港

香港，深夜时分的岩岸边。我们的车子才刚停下，一个蹲在仓库前微暗处的中年妇女赶紧站起来，跳上自己的舢板并高声招呼我们搭乘。冬夜，水面静谧，隔着泊在岸边的无数帆船桅杆朝彼方远眺，可以望见新落成的大厦灯光，仿佛高高地悬在天际。

这里是疍民[1]的聚落。他们使用疍民独有的方言，过着与世隔绝的生活。A先生领着B先生和我搭上一艘舢板，这条小船覆着一顶防水的半圆柱形的篷盖，内面彩绘着艳青色，并以洋红色的竹条交错着绷紧顶篷。篷子里的小房间铺着花席子，两侧壁面挂着装框的家庭照片，以及电影女星的照片，正中央则贴上伊丽莎白女王的肖像。

---

1 也写作"蜑民"或"但民"，多数分布于福建、广东沿海与附近的珠江流域，居住在水上。

女船家把我们请进船舱，又拿毛毯盖在躺在船头呼呼大睡的两个小孩脸上，然后摇橹出发。

启航之后，漆黑的水上万物阒静，人声寂然。静静的水面泊着一艘艘停泊的黑影，舢板穿梭其间，唯有摇橹声嘎吱作响。前方可以看见明亮的小船上蒸气氤氲。那是一艘卖粥的小船，热锅旁围坐着三个老翁和老媪，默不作声。一个面孔黝黑的男人呆坐在船舷，木然地望着水面，他的面孔比水还要黑，像座木雕似的一动不动。

经过明亮的卖粥船后，又继续划了一会儿，朝向船灯绰绰之处靠了过去。我们望见前方有几艘舢板串接在一起，那亮晃晃的灯光连舱内都可以看得一清二楚，宛如倏然闯进了别人的屋子里。

一队打横停泊的串接舢板像三合院似的围出了一个水上中庭。我们正前方那艘的船尾插着祭祀土地公的红绿纸旗，几支粗大的线香袅袅升烟，洗脸盆和珐琅壶就搁在旁边。

那艘舢板的外观和我们的相同，青色和白色交织的篷盖内侧同样绷着洋红色的竹条，不过里面挂着带有玫瑰图案的布帘，而小隔间的墙上也贴着印花布，为这水上夜景展开一幕美丽而可爱的屋内风情。

也有别艘舢板在隔间门口的墙面，垂挂着式样花俏的厕纸卷。从正面往里探瞧，以花布铺饰的神坛上，总是摆着一面大镜子，远远地，在黑暗中映出了我们摇曳的船影。

镜子旁边还有美人挂历、热水瓶以及成套的咖啡杯壶等物件。

船家女的年纪都不大，略施脂粉，身穿浅色的汉服，面无表情，仿佛对周遭的一切皆不关心。由于寒冷，也有女子只从被褥下探出头来，茫然地望向我们。那张带着妆的扁平脸孔，像个稚幼的孩童。有船家女邀来隔邻的朋友，拿块木板摆在膝头的盖被上，有一搭没一搭地玩起了

旅途之夜 199

扑克牌。纸牌背面红金相间的图纹，在那泛黄而纤瘦的指缝间忽隐又现。即便我们的舢板碰靠到她们的，发出了呻吟般的闷沉声响，她们也毫不介意地继续玩扑克牌，宛如在舞台上演戏似的。

一艘舢板上载着船客，垂下了玫瑰印花的布帘，映出了颇堪玩味的身影。船客似乎正要离开。

"花上两千港币（合一万二千日元）就可以外带一个人。我有个朋友曾向老鸨一口气包下六个。"A先生喃喃说道。

……回去吧。一艘舢板上陡然发出了深夜的鸡啼，把我吓了一大跳。在水面上听到的鸡啼，分外阴森。

听说，疍民把小鸡关在笼子里养，直到大得可以吃的时候就把鸡抓来灌酒，将整个胃灌得满满的，再割断颈动脉放血，这样就可以吃到鲜白又肥嫩的鸡肉。

在格林尼治村

每回到纽约，最让人思念的就是格林尼治村。深夜两点，我和妻子穿上毛衣，搭上出租车，告诉司机载我们去格林尼治村。司机问说："你们是来国外表演的吗？"我们不置可否。在他眼里，我们大概像说相声的夫妻搭档吧。

我们在格林尼治村信步而行，进了"Duplex"。这里的二楼是风格独具的夜总会，这个时段没有营业，而一楼则比路面低一些，像是地下室，开着一家普通的钢琴酒吧。里面和一般的酒吧一样，东西散乱一地，几乎找不到站的地方。不过，在美国，再怎么脏都不至于到不卫生的程度。这种脏乱是人为的，或者应该说是实验室的那种肮脏。

我的意思是，那不是日常生活中产生的脏污，而是坏掉的烧瓶和试管散落四处的那种脏乱。

我掏出一元美钞，拿了两小瓶啤酒，把找零塞进口袋里，就着瓶口仰头灌了一口。当地的那些波希米亚人很快就来找我们搭讪。钢琴声戛然而止，一个喝得烂醉的金发女郎起身，朝那位混有黑人血统的钢琴师嚷了句什么，钢琴师没有回话，她便找我们说了起来。

"今天晚上我们在这里为那位钢琴师举行一个小小的送别会，你们要不要一起参加？"

"谢谢邀请。"

"那个钢琴师要去纽约了，今天是最后一晚，这里以后就要冷清了。你们来瞧瞧，这些是我们送给他的礼物喔！"

她醉醺醺地像翻找镜台上的化妆品似的，淘寻着摆在大钢琴上的各种物件。我把那些礼物的一览表列在这里：

一、没有花的康乃馨花茎；

二、酒心巧克力的盒子，但只有空盒；

三、伞柄；

四、五枚羊齿叶；

五、旧的软呢帽，但只有帽檐；

六、标题为《原子能》的科学书籍。

这些物件在布满尘埃的琴盖上散乱摆放。目睹此景，我终于确切地感受到自己果真身在格林尼治村里了。

"你们是来外国表演的吗？"金发女郎问道。

这回我否认了。那个金发女郎于是毫无顾忌地诅咒起演员这个行业。

"再没有比这一行更神经兮兮的了！演员当久了，就会变得谁也不相信，愈来愈讨厌每一个人！"

我听着她没完没了的抱怨，忽地想起，昨天从朋友那里听来一桩关于某个知名芭蕾舞团的内幕。听完以后，我对芭蕾舞团完全幻灭。他告诉我，前一刻还在舞台上饰演英雄的某位壮硕舞者，在落幕之后的庆功宴上抓着他整整发了两个小时的牢骚，诸如"教练只宠爱B，对我不屑一顾……某某到处说我的坏话……"云云。

洋女人一喝醉就显老。这个金发女郎虽然五官姣好，在酩酊大醉之下，凹陷的眼窝里的皱纹随着抽搐而泛出泪光。她频频以指甲艳红的手指拨撩发丝，这动作代表她对自己的头发具有迷恋般的执着。

"好羡慕你们可以像这样到处旅行喔。我也很想逃离这里，却怎么也逃不出去，永远都逃不出去。从前有个男友说要带我去日本，后来我和他分手了。反正就算我们没分手，他也不是一个会遵守承诺的男人……"

我们实在招架不住这种没完没了的牢骚，赶紧匆匆离开了"Duplex"。

（一九六一年一月二十九～三十日·《东京新闻》）

美的反面

这趟旅程，我不再刻意寻找"美"了。对于那些名传遐迩的众多美景，譬如风景、美术馆、建筑、名山、大川、湖泊、剧场等等吸引目光的刹那之美，旅人很快就感到厌倦了。早在出发之前，我已怀抱着一个桀骜不驯的梦想，盼望此行能够邂逅这世上最丑的东西，甚至连"丑陋之美"也称不上的彻底颠覆美学感受的东西。

然而，再没有比定义美学意识、美学感受更困难的事了。美的标准，并非俯拾可得。既然没有绝对的美，也就没有绝对的丑。这个道理谁都懂。

可以肯定的是，我们的美学意识在历史和诸般体系的守护之下，演变成相当精妙的东西。在这层基础上，继续灌输崭新的知识，予以丰富、增大、拓展，从而促使一个人的审美观得以遍及广泛的范畴——从内心深处的肉欲乃至于肤浅的新知。期待能出现让人眼睛一亮、前所未见的美，无疑必须具备能够分辨鲜花还是牛粪的美学意识，那更是自我改革的必要条件。但是，新颖的领域，立刻会被消融进旧有的领域里。令人不舒服的感觉，马上会被遗忘，成为另一种清澄之美，并于不久之后，同样遭到人们的厌倦。这个过程和情色的法则十分相似，那是因为我们将自身拥有（我们以为自己拥有）的美学意识，当成一种机转。这种机转巧妙地运作，正如脑髓组织那样，甚至训练到可以随机应变，也就是按照对象做出各种的合宜反应。尽管如此，我们还不满足。于是，人们不得不对美学意识的机转，设定出另一套完全相反的精巧机转。那是什么呢？这种东西哪怕我们掏出几千把量尺，也永远量不出这种东西的正确尺寸。这种东西永远背离我们的美学观点，其一切细节都能巧妙地躲开美学感受，自始至终维持丑陋的新鲜度……假使真有这种东西，它究竟是什么呢？

我这颗清闲的脑袋瓜，已经好久不曾为这等无意义的想法而饱受苦恼了。如果要在这里创造出这种东西，我脑子里已浮出一幅概略的草图了。那是史上所有堕落形态的混合物，那是让人不舒服的现实，那虽然应该彻底缺乏独创性，但怎么试都会变成一件滑稽作品。当美要创造出与其反面之物时，一定要仰赖某个批判性的契机；只要有批判，就必定会诞生出另一种美。于是，我们必须非常小心，以免那种相反的机转，会出现如前所说的来自批判的必然生产性。况且，如果美舍弃了批判的本质，就会变得极度贫乏，不过这也属于某种美，一种叫作"老掉牙的美"。

缘此，环游世界可以说是"美的泛滥"，就像赤脚走在美的泥淖中，我们的脚踝完全陷在美的里面了。因为这个世界，样样皆美。某个看法甚至偏见，创造出美，而这种美又衍生出其他类型的美，形成了美的庞大家族。对许多艺术家而言，如何不掉进美的陷阱，是一个相当浅显易解的课题——只要不要停下脚步，一直往前走就行了。结果这些艺术家无一例外的，一个接一个都掉进美的陷阱里了。美，像只鳄鱼张开大嘴，等待下一个猎物自己掉下来，而人们又以提升素养的名义，慢慢咀嚼它吃剩的残渣。

每一个国家，每一个地方，总有一张暗沉而丑陋的脸孔，从历史的深渊缓缓浮现，那张脸嘲笑所有的美，巧妙地彻底违背美的机转。在前一趟旅程中，我暗自抱着这份期待，然而，无论在墨西哥仰望玛雅文化的金字塔时，抑或在海地观看巫毒教仪式时，映入我眼里的，只有美而已。

*

美利坚合众国的一切都很美。这个国家令我佩服的是，尽管到处都受到商业主义的极度支配，却没有呈现出献媚似的美。相较之下，意大利的威尼斯则像个衰老又掉牙的娼妇，穿的是破破烂烂的蕾丝衣裳，全身泡在阴湿的毒气里。位于美国加州的迪斯尼乐园，就是一个很好的例子。这地方的色彩和巧思，不带有丝毫使人睹之心酸的马戏杂耍风貌，而是洋溢着适度的高雅格调的商业艺术气质，并且包罗了各种层级的感性。在畅销杂志的广告栏上，经常可以看到美国的商业艺术是如何将超现实主义和抽象主义裹上甜美的糖衣。唯有美国，会将现代美学的普遍模式，运用在日常生活的所有面向。或许全世界只有美国的商业艺术，堪称具有生命的美学模式。邮购对于美学模式的普及与传播，具有很大的贡献，无论人们是否称之为顺从主义，借由这种流通管道，那柔和的、舒服的、合宜的冷调色彩与巧思的美学模式，就此在美国庞大的中产阶级间散播开来，甚至影响了家具和厨房设计。只有那些富豪阶级，才用得起怪诞而不洁的古董来装饰屋里。大至喷气式飞机、小到电冰箱的机能主义设计，都能让人感到适得其所的，恐怕也只有美国了。在巴黎，那些仿造巴洛克建筑的昏暗厨房里，居然堂堂摆上一台纯白色的电冰箱，简直和日本的老厨房没什么两样。

实际上，美国根本没有任何东西是违反美学的，这是美国的特色。不论我们去到什么地方，总能适切唤起我们的知觉，让我们适度入睡。推开旅馆的窗子，映入眼帘的景物，没有任何一样会让旅人觉得不快和丑陋而发抖的。就连纽约街上的噪音，也顶多像比较吵的八音盒而已。即便是可怕的"庸俗感"，在美国也完全找不到踪迹。

认为摩天楼具有美感，是从我们父祖辈传承下来的感觉。如今，更具有机能性的现代摩天楼（比如西格拉姆大厦）一栋栋落成，也多亏这近似的高度，才得以掩饰了新旧摩天楼之间的美学模式差异。这时，两者美学模式的明显差异不成问题，同样对人们从下仰望的视线产生威吓，同样成功地带给人们一种极度相像的"具有优势"的美感。巨大，总是凌驾于一切美学模式之上，这类古代例证在罗马尤其容易看到。然而，这种巨大容积的单纯几何学形态，已经无法让我们感受其属于任何一种美学模式，充其量只是一座存在于该处的建造物，比方开罗的金字塔就是如此。事实上，开罗的金字塔原本具有最彻底违反美学的性质，可是观光客赏览风景的美学意识，将它们完完全全地认知成"美"。这是由于金字塔周围的沙漠、骆驼和椰林造成的影响……假如这些金字塔坐落于纽约第五大道的正中央，想必它们就会明白自己距离美有多么遥远，并且害怕、恐惧、震慑于环绕周身的纽约之美，深感汗颜。

在美学的领域里，已不存在"会使资产阶级感到害怕"的东西了。超现实主义已是古老的神话，抽象主义成为理所当然的美学模式。然而再过不久，想必抽象主义也将成为过去，如同哥特式艺术在中世纪代表的意义一样。就算在模特儿身上涂抹颜料，然后要他躺上画布滚动，这种创作方法固然可悲，但很明显的，人们早已认定在画布上留下的痕迹就是一种美学。我们再也不能像威廉·布莱克[1]描绘的物质主义代表者《建造金字塔的人》的肖像那样丑陋，侵犯美学直至骨髓，因为我们目前生活在一个没有排挤、憎恶和斗争的美好的"民主主义时代"，并且延续了近代的博雅教育主义的思维，使得我们对历史上任何罕见的美学模式，都能以宽容的态度面对。

香港。在这个着实异样、令人战栗的城市里，我觉得自己终于见到了寻找已久的东西。

我这一生从未看过这样的东西。遍寻记忆，大概只有儿时看过在招魂社[2]里表演杂技的广告招牌上的图画，勉强能和它一较高下吧。我几乎无法形容那些五颜六色有多么丑陋。那地方的名称叫Tiger Balm Garden[3]。

*

虎标万金油是一种止咳感冒药的名称，发明者是胡文虎先生。胡先生从自己的名字当中取了一字作为药名，并靠这种药挣来亿万财富，然后独力耗资十亿元打造了这座园林。这位知名的博爱主义慈善家，不但终生捐赠庞大的金钱以奉献社会，更免费开放园林让大众参观，期盼达

---

1 William Blake（一七五七～一八二七），英国诗人与画家。
2 东京招魂社于一八七九年改称为靖国神社，各地的招魂社则改称为护国神社。
3 虎标万金油花园。

到劝善惩恶的教化功效。这座园林于一九三五年落成。

> 虎标万金油是
> 居家旅行良药
> 救急扶危功效
> 宏大风行世界

这是虎标万金油的广告词。接下来这段文字则是花园的英语宣传译文："世上哪里还能看到比香港虎标万金油花园更具有典型东方美的景色呢？"

毫无疑问的，这座花园确实致力于追求美的境界。

因此，我认为即便胡先生的动机并非全然单纯，但其企图和方法论，几乎等于在中国实现了爱伦·坡[1]小说《阿恩海姆乐园》里面那位主角的愿望。爱伦·坡说：

"从我前面那段话，你应该已经猜到，我反对重现乡村原始风貌的自然之美。因为自然之美，终究不及加工过后的美。"

爱伦·坡又说：

"我渴望的是宁静，而不是孤独的忧郁。（中略）所以，紧邻繁华都市、或是离繁华都市不太远的地方，应该就是最吻合我这个计划的地点了。"

爱伦·坡还说了以下这段最重要的话：

---

[1] 此处应是本书作者三岛由纪夫的笔误。后文提到的《阿恩海姆乐园》（The Domain of Arnheim，一八四六年出版）的著者是英国小说家爱伦·坡（Edgar Allan Poe，一八〇九~一八四九），三岛由纪夫将著者的名字误植成小说主角的名字。该故事描述一位埃里森先生继承了一笔庞大的遗产，决定要花用于打造一处风景园林。

"在一成不变之中，最忌讳的景观是辽阔，而最糟糕的辽阔则是一望无际。这和遁隐的情感格格不入。当我们登高山，极目四望，一股遗世之感油然而生；至于有心病者，则会恐惧一望无际如同害怕疫病。"

虎标万金油花园矗立在香港岛中央的斜崖上。这座占地面积达八英亩、以水泥和石块打造而成的园林，其迂回的结构不时遮挡了远眺的视线，遑论一望无际。因此，我必须先为读者导览这座奇怪的园林。这座委实奇怪又丑恶、和吸食鸦片者的梦境一样怪诞的园林，虽然和爱伦坡抱持相同的美学企图，但是建造的结果却是处处违反了美学的原则。

入口处是一道矮胖的白色楼门，两面银色的门扉大敞，门柱漆成朱红色。两头水泥白象镇守在大门的左右两侧。接下来的文章不再对材质逐一赘述，总之，园里一切奇工异巧全都是水泥打造，并且漆上各种颜色。门匾书有"虎豹别墅"几个大字，楼门为绿瓦铺顶，屋檐两端各有一尊虎豹彼此啸吼。门楼的第二层有一尊苍白得可怕的裸身坐佛，佛面朝内。每一个角落都遍布了这种令人毛骨悚然的性感。

从那里爬上一段漫长的坡道，左手边出现了禁止游客进入的三层楼府邸的庭院，阳台上蹲坐着白象，以及两个警官的水泥塑像，手里托着上了刺刀的步枪，宛如在戒护这栋建筑。院子里有青铜制的鹿在嬉戏，灌木都修剪成人偶造型，上面还一一挂着老翁的陶制头像。几何构图的小径两旁摆上一盆盆白菊，小径的尽头是一座陶制的小亭榭。

爬到坡顶上，迎面是色彩繁多的崖壁，在一片凹凹凸凸的南宗画风水泥造型上，布满了神龙、凤凰、狮子、仙鹤，以及在涛岸上耸肩瞪眼的鹭鹰等等，崖面的中段挂着好几个小亭子，崖面的下段则是许多不规则的岩棚，上面摆着把枝条调整成奇形怪状的盆栽。右边有一处平凡的车库，里面停了五六辆车子，镶有竹子、松树、鹦鹉等图案彩绘玻璃走廊，一路延伸到蓄水不多的池子前。

游客从这个池子，也就是位于刚才走上来那条漫长坡道右边的水池，继续爬上一段石阶，总算得以尽情赏览虎标万金油花园的奇景。

在仿造白色钟乳石洞的奇特崖洞里，设计了复杂的迷宫，我看到工匠正忙着把油漆快要剥落的部位补上白漆，整座园林色彩鲜艳，宛如昨天才刚落成。崖壁上有三座形状各异的佛堂，每一座佛堂里有三尊背靠背的佛像，嘴唇和指甲是艳红，佛裳漆成金黄。绕着迷宫继续走，沿途的崖洞分别盘踞着黄龙、河马、犀牛等动物张开鲜红大口的庞然塑像。经过了永无止境的爬上走下，终于到了最上面，也就是矗立在这座园林中央的虎塔。

虎塔是一座高达一百六十五英尺的六层楼建筑，耗资六千三百万日元的白色大理石塔，只有假日才开放内部，让游客登塔。

虎塔后方的石崖上是一处水泥打造的动物园，斑马、袋鼠、鸳鸯、白鹤、山羊和大猩猩等动物交互打斗，在混战中有一只吓人的恐龙昂首抬头，还有一幕题名为《黑白争巢战》的黑鼠和白鼠开战的场面。头戴绿色头盔的白鼠司令官高举着"令"字红旗，还有一群拎着红十字医护提包的老鼠忙着扛担架运送伤兵。旁边另有一群莫名其妙的猪身人偶，小猪被按在砧板上剁掉腿脚，流出了逼真的鲜血，而身穿白衣、罩上华丽围裙的大母猪，正在享用美味的小猪腿。

虎标万金油花园的游客就这样走在弯弯曲曲的通道上，猜想接下来会看到什么样的景象，但是绝不会有任何人猜中答案。

其次是身上半裹着黄衣的六祖泥像。这尊古代佛僧的泛黄的胸口肋骨浮凸，据说他长达二十四年不曾进食。接下来是怪诞到了极致的地狱极乐图，在捧献神桃的众神，以及骑乘龙马的神将和天仙的脚边祥云之下，铺展出一幅地狱的光景，亦即罪人被打入油锅地狱、石压地狱、铁树地狱、戳目地狱、血池地狱与铜柱地狱等地方的可怕身影，这里用了

美的反面　211

大量的血红色油漆，以写实手法描绘出阴森凄惨的图像；与此同时，这座园林也没有忘记加入童话风格的设计巧思，写着"地府刑车"几个大字的现代汽车满载着罪人驶了过来。

园林的其中一项特色是一切都是静止的，这和其他任何一家游乐园都不一样。胡文虎先生似乎不喜欢电动设备。在胡先生的庭园里，所有的景物皆是用水泥固化起来的永恒，每一个激动的瞬间全都像死去一般，在静止中蒙上尘埃，老虎永远在吼啸，罪人永远在呻吟。在这种奇妙而不朽的死亡氛围里，似乎蕴含着胡文虎先生的美学与经济学的结合。

夕阳余晖从松林间洒落，把高耸山顶的大红宝塔照得熠熠发亮。这里有征战不息的人偶，这里有清帝出巡队伍的人偶。他们前往之处是萧飒寂寥的华清池。仙女图浮雕的绿色屏风，以及盘龙圆柱一起形成了奇特的阴影，侍女们遮举着桃色布幔，围住表情有些痴滞的杨贵妃，而闲来无事的杨贵妃正在池里沐浴着。

这里的杨贵妃，还有接下来的马戏团女演员们，以及一群表演摔跤的女子……虎标万金油花园里的诸多裸妇，格外引人注目。那是抹上了白色颜料，色泽惨白的水泥裸体，而嘴唇上的艳红，则固执地强调肉体的存在。谁会想象得到，居然有如此猥亵的裸体呢？这种塑造泥像的方式，强烈地迫使人们极度焦虑地盯视那永不消失的性感，亦即在猥琐的白色颜料底下的水泥肉体所呈现出来的玲珑曲线、凸隆乳房，以及柔嫩的下腹。这种心态几近于奸尸，正如同看似肉体阴影、实则落满裸像全身的灰尘，与其说这些灰尘是恰巧落在裸像身上，毋宁说根本是污秽肉体即将溃烂的预兆。或许可以认为，这样的塑造方法，正是刻意唤醒人们的肉欲，从而制衡水泥塑像那股冷冰冰的感受。这种裸体与任何哲学、任何诗歌、任何精神都毫不相关，只能在卑劣的情欲中给它温暖。

我甚至怀疑，身为慈善家的胡文虎先生，该不会把活生生的女人，一个一个敷上水泥，做成了塑像吧。

马戏团的那群人偶，和靶场的人偶一样，排成了三层。胸口挂着玫瑰花环、头上顶着仙鹤头饰、两手戴着桃色手套的女子，坐在颈绑红围巾、下系黄色兜裆布的男子交抱的双手上。还有一个身穿桃红紧身衣、缠上葡萄串、头戴羽毛饰帽的女子，踮起脚尖站在另一个弯腰男子的背上。第二层有许多裸女在跳舞，不过她们的头都变成了蜥蜴、野狼、兔子和鸟，有个背着龟壳的女子和一个有蜥蜴尾巴的男子共舞。最上面那层，则是来自世界各国的全裸女人，她们以各种姿态席地而坐，而左边有一群由角鸱、猴子、兔子、猪和山羊组成的乐队，乐队前方站着一位手握麦克风的司仪，派头十足。

女子摔角。这些始终张开血盆大口的裸女们正在打斗，穿的是色彩鲜艳的蓝色、桃色和黄色的胸罩……

始终保持着诡异大笑的布袋和尚通身全黄，体积相当庞大，背景是一片碧绿。巨浪在船形亭子的下方冲拍着崖岸，六十头土黄色的海狮或嬉戏或捕食。七彩玉带桥底下有露出背脊的大鳄鱼、大螃蟹、睡在河面莲叶上的白兔、大龟和大蛇……

虎标万金油花园就是一处充满如此奇异光景的地方，而我们还没有全部逛完。

*

尽管这座园林相当令人作呕，但想必造访的游客都会发现，那是由于儿童似的幼稚幻想，和残酷的现实主义，两者奇妙结合之后的结果。中国自古对色彩的感受特别鲜活而健康，不掺有一丝一毫的衰弱，只管把映入眼里的原色混杂在一起。这般露骨炫耀的色彩，以及卑俗的形态样貌，完全展现了企业家在生活当中所能得到的极致喜悦。胡先生在佯装奔放不羁的同时，亦成就了这个国家自古至今低俗品位的集大成。

实在很难想象，在中国人长久以来源自当地风土传说的幻想，与世界上实用精神的两相结合之下，竟然大胆地建造了彻底玷污一切美丽之物的园林。放眼看去尽是水泥塑像，连每一个细节都巧妙地违反了美学。这个例子告诉人们，当幻想被铐上了现实的枷锁后，依然肆无忌惮地恣意妄行，就会制造出与美学背道而驰的产物。

为什么跳舞的裸妇上非得冠上一颗蜥蜴的头部呢？这是来自因果轮回的想法，并非单纯觉得好玩而凭空想象出来的。这座园林里的每一个角落都充斥着对美学的绝妙恶意，就连最具有童话风格的部分，也被那种恶意给抹得脏黑不堪。不单如此，那是一个连怪诞都无法升华成抽象的世界，更是一个不合逻辑的人类主体无法到达理性澄明的世界。野兽的咆哮、人类的呻吟、猥亵的裸体，全都固化成水泥的形态，大摇大摆地隐身在现实之中，以至于绝对不可能超越现实。再加上这一片可怕的混沌根本是失败的，可以说，连混沌之美都被刻意避开了。人们历经了一个又一个片段、一种再一种低俗，终究没有看见任何的统一，也没有遇上任何的混沌。虽然这些形体都是从历史和传说之中撷取出来的，却丝毫感受不到历史的气息，只有刚上过的油漆泛着簇新的光泽。于是，人们在这梦魇般的现实里所看到的每一张脸，甚至统统称不上是人脸。

（一九六一年四月·《新潮》）

冬天的威尼斯

此前我曾两度造访意大利，却一次也没去过威尼斯。原因是我生性叛逆，始终认为"盛名之下，其实难副"。

不过，这趟旅行，我去看了冬天的威尼斯，这才发现自己先入为主的错误成见。这地方非常值得一访。我实在没有想过，世上竟有如此奇异而独特的城市。

首先，这地方很颓废，无可救药的颓废。我从未亲眼看到如此鲜活而真实的颓废。

按照意大利人的民族性，即便住在威尼斯的没落贵族有多么颓废，肯定依然让人觉得他们仍是那么悠哉、乐观、不羁又随意地度过每一个日子。更不用说在这里做观光生意的一般民众，也和其他城市的意大利人一样开朗、单纯、世俗、及时行乐，没有一丝一毫的颓废。我这里指的是建筑物。威尼斯的建筑物没把人放在眼里，径自深深地沉潜在颓废之中，正所谓一种活生生的"灭亡"。在这里，建筑物就是一种精神，而人类只是动物。

海水一点一滴地浸蚀着建筑物的地基。就我今日所见，浸蚀的状况相当严重，不过毕竟是石块砌成的地基，就算看起来像是即将倒塌的模样，肯定还能维持好几年，甚至好几十年。不过，看不见的死亡正在缓慢进行，日以继夜，不停地侵犯着这座城市。建筑物毫无招架之力。绝大多数屋宅的一楼已经不堪使用。海水淹没了一楼的地面，即便想贮放物件，也会从边缘慢慢腐烂起。

威尼斯的建筑物不属于健全、简朴的风格，尽是些模仿巴洛克时代或文艺复兴时代的过度装饰，以至于这座城市看起来简直像个穿着破烂蕾丝、下摆缺损的晚礼服的年迈贵妇，就这么直挺挺地站着死去。

脏污的小运河总是漂着垃圾，纵使退潮时卷走，但涨潮时又冲了回来。不管在街上的哪一个角落，总有那股酸臭而病态的污水气味，直窜鼻腔。

最有意思的就是运河的交叉路口了。这里有交通号志，当有警示笛音响起时，我还以为自己身在东京的十字路口，而不是水道上。凤尾船船夫高明的划船技术简直出神入化，只见他毫不费力地摇橹操纵，长长的船身就这么轻盈地穿梭在弯弯曲曲、来往繁忙的河面上。根据这里的交通规则，摩托艇如果在狭窄的水路上遇到凤尾船，必须关掉引擎，这是为了避免摩托艇掀起的波浪造成轻巧的凤尾船翻覆，也因此摩托艇在运河上总是走走停停。

选在冬天来到威尼斯，真是再聪明不过了。这个时节几乎没有观光客。这座城市的一切生活，完全受到夏日赚钱旺季的主宰。因此，冬天到威尼斯，不会见到亲切的笑脸迎人，只看得到肮脏而忧郁的背影。夜里，从旅馆的窗口望下去，白天人来人往的教堂前的广场，竟然已经有一半浸在水里面了。从高窗洒落的光线，隐约映在浸水的广场上，这景象给人一种凄怆的感觉。水较浅时，就架上木板，以供深夜里的寥寥行人踏着木板通行；水较深时，这里就不再是街道，既不是陆路，也不是水道，而变成一个没有用处的奇妙场所。

  旅馆的大门自然也是面河而开的。入口处挖有一道水沟，再围上厚重的档水板，防止水淹进大厅里面。我想象着大厅的豪华地毯浸在水里的情景，不知该有多美，却没有任何一家旅馆愿意满足住客的这种幻想。

  我永远忘不了在清晨的雾霭中，循着陆路走向美术馆的那段经验。沿途虽然仔细地跟着地图走，可是羊肠小道非常错综复杂，不太远的距离还得渡过七八座桥，到最后只能凭着直觉前进。每走一步，街道的角度就会改变，一幅小巧而繁杂、被熏黑了的万花筒美景，便在眼前铺展开来。最后那座横跨大运河的大桥，也是一座设有阶梯的桥，我总算明白这座城市为何连一辆汽车都看不到了。要是坐在车里，可就什么地方都去不成了。

（一九六一年七月·《妇人公论》》

熊野之旅
——日本新名胜导览

南纪[1]给人感觉是个阳光普照的地方（实际上那里经常下雨），很适合盛夏时节前往赏游。

我很纳闷自己为何从未去过纪州。我青春期时曾爱慕过同学的姐姐，一位相当妖艳的女子。自从我得知他们家故乡是纪州以后，心里一直认定纪州女子个个长得闭月羞花。我喜欢上能乐，后来发现《道成寺》和《熊野》这些知名的剧目都和纪州有渊源；我喜欢上《御伽草子》[2]，后来发现这种源自神佛思想的文艺作品，其信仰中心就在熊野；我喜欢上神仙奇谭，后来发现故事背景多半发生在纪州；还有那神秘的修验道始祖役行者[3]，以及他的信徒们所尊崇的灵地，也在那智……换句

---

[1] 纪伊半岛的西南地区。
[2] 日本中世纪的大众文学，多数来自民间故事。
[3] 役行者（六三四～七〇六），日本咒术师。

话说,但凡会吸引我的所有东西,全都来自纪州,可以想见那里一定是美女与神仙的国度。

我原本很害怕这次行程会使我多年来的美梦破灭,所幸这趟纪州之旅,与我梦想中的几乎完全一样。

这回旅行名义上是观光,但我很怀疑那些没有名气也没有历史渊源的奇景,能否吸引人们前往游览。以前,当我跨越美墨边境,从墨西哥进入得州小镇埃尔帕索的时候曾问过出租车司机,车窗外那座山势奇拔而神韵缥缈的大山是什么名称,结果司机回答我:

"您问那座山?那叫林肯山。"

回想起当时我听到答案后的失望,不禁觉得旅行时还是得去相传已久的名胜风光,以及和歌中曾赞赏过的古迹美景才好。

古典的美梦与传统的幻境

再怎么说,旅行中不能缺少真正的美景,而游客在出发前也需要先有概念性的心理准备,比方古典的美梦、传统的幻境与生活中的回忆等等,当我们透过这层概念性的面纱看风景时,才能够欣赏到它最完整的样貌。这一次,正是一趟这样的旅程。

从东京到南纪的交通并不容易。如果乘坐直达的夜间快速列车,那就另当别论,若是搭白天行驶的火车,即便是早上七点四十五分发车的特急班次"响",在名古屋换车,到达纪伊半岛胜浦也已经是傍晚六点半了。我从地图上察看这条纪势本线,原以为只要坐在车厢的左侧位置,就能一路欣赏车窗外的美丽海景,没想到实际搭乘时,隧道过了一个又一个,直让我头昏眼花。

胜浦是一处拥着静谧海湾的温泉乡，我在旅舍吃过晚饭以后，就去看脱衣舞表演。脱衣舞正是我国古典表演艺术的根源、女性之美的本初，来到纪州就该看这个，可我还真没看过这样有趣的脱衣舞表演。其中有个脱衣舞娘长得很漂亮，让人忍不住想带她回东京。但要是她真去了东京，想必老板第一件事就是要她拔掉那颗金门牙，可惜那正是她看起来讨人喜爱的卖点。

节目一开始先播放一部挂羊头卖狗肉的八厘米电影。负责放映的阿姨很在意充当银幕的那面布幅歪了，于是开口指使客人调整：

"麻烦帮忙把挂轴（！）[1]拉正。"

有个脱衣舞娘和一群语带大阪腔的醉客一同上演了一出默契十足的短剧，足以成为"请观众上台合演短剧"的最佳示范。东京的高级脱衣舞表演请观众上台同欢时，简直像一场两性争夺战的决斗，然而这里的脱衣舞娘在凶巴巴地斥骂醉客时，还不忘满面娇笑地跳着舞，从头到尾都是那么开朗欢乐。我把这视为是两性的和谐相处，也是两性的幽默和解。

虽然只看过脱衣舞就下结论，未免有些过早，但是，与世界同喜的快乐女子的影像，以及与世界为敌的可怕女子（《道成寺》里的清姬[2]）的影像，这两者交叠在一起，成为我对纪州女子的印象。

——翌日一早，我搭小艇逛了一趟巡岛的航程。晴朗的夏日清晨，海上一片雾霞，奇形怪状的海岩看起来如幻影一般，再度引诱我进入那片仙境的梦里。

---

[1] 挂轴是字画。此处由于播放电影的阿姨错用了名词，作者三岛由纪夫觉得不可思议。
[2] 故事的主角清姬爱上了一位潜心修行的僧人安珍，不惜一路苦追，最后由爱生恨，化为一条大蛇将安珍缠死，自己也投海自尽。

不过，这趟巡岛航程最美的景色其实不是岛屿，而是从海上遥望那智瀑布。听说即便在日本，像这样能够从海上看到瀑布的地方并不多。从胜浦这边的海面望向妙峰山，右边山石裸露的一小块地方，可以看到一条白线。在满山翠绿之中，嵌着一道象牙般的细线，十分鲜明。

这种景色的特殊之处在于看到了难得一见之物，从而得到了如梦似幻的宝贵经验。设若身在远海上的一个船员，竟然清楚地看到了在家里的妻子踩着织布机上面的白线，他一定是在梦里吧。同样地，一般而言，必须进入深山老林才能看到的瀑布，此刻却从海面上观赏，这种喜悦仿佛像同时住在两个世界里。

射放狩箭的那智瀑布

我忽然非常想去那智。

从胜浦搭出租车三十分钟左右，就到了那智。这道属于神境的瀑布水量不太多，也有些歪斜，高一百三十三米，宽十三米。承蒙神社神官的好意，特别让我到瀑布底下的深潭观赏。水沫不断溅到身上，我抬头仰望这壮丽的全貌，不由得对古人将这道瀑布视为鬼斧神工，深表同感。

瀑布悬空倾泻而下，水烟蒸腾而起，宛如白烟狩箭朝这里一齐射放过来，还隐隐约约可以看见水帘后面的岩壁。水瀑到了中段被凸出的岩石拦阻了去路，化为几道水柱沿着岩壁向下迸流。我仰头观望良久，愈看愈觉得那片闪闪发亮的石英粗面岩壁，仿佛逐渐朝我这边倾斜，眼看着就要崩塌倒下了。

在瀑布旁边不停颤抖着的濡湿草丛上，两三只黄粉蝶翩翩飞舞。

在《那智瀑布祈请文觉》这出戏里，出现文觉上人在这道瀑布正下方,任由水柱冲淋身躯的祈祷场面。由我在现场看来,那是不可能的,况且只有贵族才能享有在瀑布底下的深潭里沐浴的特权。因此,文觉上人祈祷的瀑布,应该是大瀑布的下段、从大岩缝间迸流而下的小瀑布。

时至今日,接受瀑布冲淋的修行者依然络绎不绝。听说在深夜来到瀑布底下冲淋时,会看到种种幻影。神社的神官告诉我,有个修行者曾经说过:"我看到有个老人的亡魂向我抱怨,他只穿着一件薄衣就跳进水里,冷得受不了。"

事实上,真的有个老人在浴衣的袖兜里装满石头,从这道瀑布跳下来自杀了。神社的神官说当他听到修行者的转述时,着实吓了一大跳。

按照修验道的习惯,在这道瀑布的前方,以及在必须爬上五百级石阶才能抵达的本殿前方,都可以焚烧祈祷文。这里虽是神社,但维持着神道护摩焚祭的仪式[1],也就是在神佛前大量焚烧没有香气的线香。看来,纵使明治政府颁布了神佛分离政策[2],仍然没有摧毁了这地方长久以来的神佛习合[3]与本地垂迹[4]的传统。

熊野信仰的根源是这地方本殿的那智山熊野权现、新宫的速玉神社,以及本宫的熊野坐神社这三处,也就是所谓的熊野三山。我决定到新宫参拜速玉神社后,于这趟纪州之旅结束前,也要到本宫参拜。如此一来,终于圆满了我所深爱的中世纪文学。

在盛夏的烈日下攀爬五百级石阶绝不轻松,就连终于爬完了的小伙子观光客也抱怨:"我再也走不动啦!"

---

[1] 护摩原本是佛教密宗的仪式,但神道的部分神社也会施行这种仪式。
[2] 明治政府于一八六八年颁布了《神佛分离令》禁止神佛习合,神道与佛教必须严格区分开来。
[3] 根据神佛习合的思想,日本各地的众多神明,其实是各种佛教菩萨的化身。
[4] 日本各个地方将原本的神祇信仰与佛教信仰混合成一种信仰体系的宗教现象。

神社的长石阶其实意味着一种苦行的净化，岂可让人轻易登爬。这就好比富士山的车道开通以后，单是"能够轻松登顶"的结果，就代表神圣化的结束、山岳信仰的死亡了。

苦行的尽头必定有一片绝美的风景在等候。站在熊野权现的社地上，可以隐约望见群山间的东海，让人想象从那里升起的太阳是多么庄严。西边下方是一片令生物学者垂涎的原始林，有各种各样的亚热带动植物生长。

我驱车前往新宫参拜速玉神社，又赏览了著名的浮岛。

接下来要去瀞八丁峡谷。从结论先讲，我采用的路线搭车到最靠近峡谷的地方，只有瀞八丁峡谷那一段利用空气螺旋桨推进船。这样确实可以节省时间，但是最值得一看的瀞八丁峡谷可就游兴大减了。

其实还是应该花上好几个小时，从新宫搭上空气螺旋桨推进船，慢慢划入瀞八丁峡谷才好。我这种方式简直像是一出剧只看了结尾部分，而且这段结尾仅仅十几分钟就结束了。

充满大正情怀的空气螺旋桨推进船

无知的我，原以为空气螺旋桨推进船就是水翼艇。后来才知道，这是为了方便在浅水里行船，发明了在船尾装上用汽车旧引擎改装成的螺旋桨推进器。这种螺旋桨推进器的原理不是拍打水，而是借由扰动空气产生的动力使船前进。由于它发动时的噪音很吵，因此又有聋耳船的别称。空气螺旋桨推进船的搭船处后方就是速玉神社，神社里从早到晚都像有一百万只蜜蜂嗡嗡作响。此外，熊野川沿岸的学校，所有校舍的窗户都必须装置隔音设备。

不过，这种粗陋但讨人喜欢的发明，相当具有大正年间的风情。那是滑稽而露骨的机械化，不是现代那种包含各式聪明功能的机械化，也不是将机械巧妙地隐藏在内、外观用好点子包裹起来装饰的机械化。这种船就像往昔有支大喇叭的留声机那样的趣味。

在充满刺激的两小时行车途中，不时与满载木材的卡车或巴士错身而过，也几度看到像吵扰的蚉虫似的空气螺旋桨推进船，行驶在峡谷里悠然流淌的熊野川上。从前的熊野川水流清澄，就算是钓鱼生手一个晚上也能钓到七八公斤重的香鱼，但自从上游盖了好几座水坝以后，就变成卡其色的浊水了。

偶尔可以看到高空缆车运送木材到对岸的景象。几根木材捆成一束，在河面的高空上非常缓慢地移动，那慢悠悠的模样，让人看得几乎要睡着了。那种缓慢的时间单位，是植物萌芽、成长、砍伐、运送的时间单位，是绝对无法在东京找得到的时间单位。

翻过好几座山，再穿过往返需收费三百元的颠簸林道，终于来到了玉置口。我在这里坐上了可搭载二十几人的空气螺旋桨推进船。搭乘这种船的优点是，由于螺旋桨推进器的声音太吵，所以船家不会播放讨厌的流行歌曲唱片。

我搭上了下午四点的最后一班船。船身和荒凉的河岸靠得很近，一阵子过后，划进了上瀞的狭窄峡谷。太阳已经开始落到悬崖峭壁的最高处了。

突然间，南宗画作里的风景，竟然真实地映入眼帘，这幅影像深深地震撼了我。身在浓稠灰青色的河面，以及左右夹道的怪奇巨岩之间，我再次感觉到自己即将前往一处仙境。这些绵延不绝的巨岩，分不清是人类的加工还是自然的斧凿，我不禁想起爱伦・坡的小说《阿恩海姆乐园》里描述的情景。这奇特的岩壁，让人感到这里应该不是终点，而是某一种起点。在蜿蜒水道的远方,异样的峡口正在等待着人们进入。耸立在夕照中的苍黑岩山的裂缝里,迟开的山杜鹃星星点点地绽着朱红。

然而,现实总是贫瘠得可怜。在距离两公里远的上瀞峡谷过了最后一个弯道后,迎面凛然出现的却是盖在崖上的便宜旅舍,是架着篷子的下船处,是来露营的朋友亲切地向正要下船的年轻游客问了声"带这么多行李呀?",是种种其他的其他……

于是,我放弃了仙境之梦的念头,但回程船上的一个少女抚慰了我的心。那个时髦的少女站在船舷,面带愤意地望着风景,嘴边衔着一枝灯笼草,顶端的鲜红花萼几乎遮住了她小巧的嘴唇,这美丽的一幕令我为之神往。灯笼草和少女那透着愤意的嘴角,真是太相衬了。舟车劳顿,似乎让她疲倦了。她戴着蔷薇色的棉帽,穿着松垮垮的蓝白横纹T恤,相当抢眼。

——从玉置口同样又坐上车,由宫井沿着十津川往深山开去。在请川继续靠左走,于大塔川再往上爬一里左右,就到了今晚住宿的川汤温泉。

甚至有"附设泳池的秘境"

再没有比这里更能消除旅途疲劳的地方了。住客可以在旅舍前面的河里游泳,觉得冷了就去浸泡岸边的露天浴池。河滩往下挖一点,就有热泉涌出来,所以只要靠着岸边游泳,连河水都是温的。

热泉的源头在河的对岸,把鸡蛋搁进铁网子里,沿着浅滩送到对岸,摆在热泉涌出来的地方,接着随意游泳嬉戏二十分钟左右,再折去把蛋拿回来,熟度适宜的温泉蛋就煮好了。

这里既没有霓虹灯,也没有扩音播放的流行歌曲。来这里校外教学的少女们开心地在河里玩耍，爬上岸后又去泡热泉，时间就这样在不知不觉中流逝，晚上来临，山中的夜空满天繁星。

提到观光胜地，就让我想到位于大都市周边的观光区总是开满了小钢珠店、酒吧和特产店，多得像成群的苍蝇聚集出一片黑压压。这一片黑又让我回想起黑人共和国海地肮脏的市场。我走在海地的市场里，心里狐疑为何这里卖的东西总是黑乎乎的，凑近一看，原来食材上满满的都是苍蝇。不过，比起一家家酒吧和特产店的那种苍蝇，另外还有一种苍蝇是怎么都挥赶不去的。那种苍蝇会发出声音，名叫扩音器。如此想来，这趟旅程从头至尾都没有听到那种噪音。比起扩音器播放的流行歌，空气螺旋桨推进船简直是可爱的蜜蜂。

——在川汤睡了一夜，隔天早上我去参拜了熊野本宫，接着搭车一路前往奈良县的五条市，在车上摇晃了五个钟头。为了开发电力修筑出来的这条道路，直向纵贯和歌山县与奈良县，取代了在战争期间被迫中断的五条到新宫之间的铁路兴建计划。这条路越过许多座山，又经过很多个水坝，并且穿过在水坝反馈金的挹注下、已不再是秘境的秘境。

其中一处曾经是人迹罕至的秘境，是位于两县交界的十津川的一个部落。这里盖了一座摩登的儿童游泳池，套着红色泳圈的孩子在蓝色的水里嬉闹。我在这里看到了多姿多彩的"附设泳池的秘境"。

（一九六四年八月二十八日·《朝日周刊》）

英国纪行

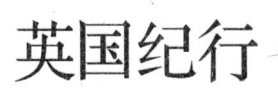

我很想看英国的海。

不论从哪个角度看都可以,我想在英吉利海峡的一隅,碰触这个海洋民族的灵魂。

大海就像一面镜子,任何国家或民族的临海,最能准确地反映出这个国家或民族的灵魂。环绕在日本周围的海洋所呈现出来的各种样态,就是我们民族精神各种面向的准确映照。

抵达伦敦以后,一连好几天都是晴朗无比,但之后就变成阴霾又寒冷的天气,而我想看的,正是在灰蒙天空下的大海。没想到英国的天气和英国人一样生性讽刺,就在我要去布莱顿的那个星期天,竟是好久不见的放晴日,太阳当空照。

布莱顿是一处位于伦敦以南六十英里的滨海避暑胜地,并以摄政王[1]的行宫坐落于此而闻名。这座行宫具有惊世骇俗的低俗之美,其充满

---

[1] 即后来的英王乔治四世(George IV,一七六二~一八三〇)。

中国风格的外形，来自可能是全西欧最彻底采用中国风俗画的轮廓，而这座行宫奇妙的和谐之感，则是运用了视觉陷阱[1]的绘画技法，关于这点我打算日后另辟专文论述。

现在该专注于描叙这片大海。

海岸就在这座摄政风格建筑的圆形立面前方。尽管今天是周日，冻寒的春风还是打消了游客前来赏览的念头。

听说天气好的日子，从这里可以远眺对岸法国的迪耶普一带，可惜今天的海面一片灰蒙，什么都看不清楚，映入眼帘的，只有仿照行宫建盖的银色洋葱状的穹顶建筑。放眼望去，连一艘船影都瞧不着。

走了一会儿，来到一片碎石子海滩。浪头并不高，但由于滩上都是碎石子，使得浪潮退去时会发出尖利刺耳的碰撞声，犹如一群幽灵拖着铁链离去时的轧然作响。

方才在萨塞克斯低缓山丘的上空望见的近似西斯莱[2]画作里的白云，已经被一阵风吹散了，蓝天只剩寥寥几抹云絮，灰蓝色的海面，土黄色的浪潮，将海鸥身上的纯白衬得更加耀眼。我暗自思忖，这片深紫绉绸锦缎的海色波光似曾见过，后来才想起宫殿里常见的路易十四风格座椅的面料，就是这种质感。

风，已不再那么冷。船影，依然不见。

我来到海边了。爱海的奇妙天性，令此刻的我倍感幸福。我迈开步伐，走向沙滩。所谓的沙，其实是很小的红石砾。来到这里，浪幅宽，水也深，白色的浪沫消退时已听不到可怕的轧然作响了。英国的红色小

---

1 文艺复兴时期画家广泛应用的立体作画技巧。
2 Alfred Sisley（一八三九～一八九九），法国画家，法国印象派创始人之一，擅长风景画。

英国纪行　231

石砾被浪沫沾湿泛黑，即将崩落的波涛像在浪头戴上一顶白亮的王冠。就在这一刹那，我从浪头下那片平滑的灰色阴影中，窥见了英国忧郁的灵魂。那是从国王忧郁的内心，所能窥见的灵魂……天空中的太阳，正温柔和煦地照耀着这个福利国家。

我在伦敦和一位旧识见了面，这位美国作家说了这番挖苦的话："伦敦已死。这三十五年来，伦敦没有创造出任何东西。"事实上，并不是只有英国这个国家死了，在迈向福利国家之际面临文化性的死亡，已是世界各国的现代趋势。当所有国家提升且均衡生活水平、从而无法创造艺术的此时，我感觉在这种世界性"艺术之死"的背后，有一股逃出生天的力量华丽地复活了。

——隔天，塞克尔和沃伯格出版社选在伦敦剧场街正中央的艺术剧场俱乐部，为我举行了鸡尾酒会[1]，我国驻英大使岛先生也特地莅临。几天前，就在同一个地点，我出席了李察·卓平先生的《苍蝇》[2]（亦即以詹姆斯·庞德系列作品的书封设计而声名大噪的画家，首度撰写的小说处女作）的新书发表会。卓平先生喝了威士忌后醉得很厉害，忽然把餐巾扔到地上，拿起事先准备好的讲稿，每读完一张就随手一扔，那种旁若无人的致词方式很有意思。真希望我的新书发表会上，也能洋溢着这种波希米亚式的氛围。

英国作家的服装穿着相当自由，与近来日本作家聚会时几乎让人以为是哪家公司在开董事会的严肃正装，形成了鲜明的对照。那种源自苏

---

[1] 应指塞克尔和沃伯格出版社（Secker & Warburg）于一九六九年出版三岛由纪夫作品《禁色》（*Forbidden Colors*，由Alfred H. Marks翻译）英文翻译版时举办的新书发表会。
[2] Richard Wasey Chopping（一九一七～二〇〇八），英国插画家与作家，其小说《苍蝇》（*The Fly*）为塞克尔和沃伯格出版社于一九六五年出版的作品。

活广场的波希米亚风格的美好时代已经消失了,但是色彩浓烈吓人、搭配却很随便的衣着传统,却保留了下来。

在我的新书发表会上,也来了身穿牛仔裤的一群人,包括一个莫名其妙、金色长发遮住了半张脸、名为苏珊娜的少女,还有穿着水手条纹衫、蓄着一脸胡须、身形魁梧的诗人。我请教了其中一位名叫西斯考特·威廉的年轻作家:

"像这种作家的聚会……"

话还没说完,他立刻打断我:

"作家?别开玩笑了,这一屋子人全都是罪犯哩!真正的作家,只有我和那一位巴特拉而已。"

他指了指那位身穿水手条纹衫的诗人,又说:

"我想去日本,你能帮我找份工作吗?我可以在日本的学校教些英国文学之类的。不过,话先说在前头,我可是个法西斯主义者喔!"

鸡尾酒会结束后,我和《乡村姑娘》的作者埃德娜·奥布赖恩[1]一同用了餐。这位女作家具有爱尔兰人典型的温柔感性,并且散发着家庭主妇的感觉。她告诉我:

"刚才真把我吓了一大跳。我走进会场时,突然被一位穿着皮上衣的男人抓住,他还对我说:'等酒会结束就一起走吧!'那个人到底是什么来头?看起来有点像演员。太可怕了!"

*

伦敦不引人注目的一隅,有一栋楼房名为克莱院。我正在那栋建筑

---

[1] Edna O'Brien(一九三〇~),爱尔兰作家,《乡村姑娘》(*The Country Girls*,一九六〇年出版)为其小说处女作。

昏暗的地下体育馆运动时，天窗突然间电光一闪，春雷轰隆作响。

这里叫作"拉维尔先生的体育馆"，是伦敦少数专营健身体育馆的其中一家。拉维尔先生早前当船员，接着成为职业摔跤选手，目前经营体育馆，往后准备写小说。他是一位相貌堂堂、身材魁梧的人物，也是一个经常大声唱着流行歌曲、性格非常开朗的男子汉。体育馆分成两块区域，一区是柔道场，另一区则是健身房。柔道场那边有位英国教练，他穿的道服领子上绣着歪歪斜斜的"木村教练"的汉字名字，至于健身房这里也有个高壮的男会员是警察。如果走到夹层楼面的扶手处往下看，可以同时看到这两块区域的全貌。拉维尔先生总是中气十足地吼唱着流行歌，利用夹层楼面在两块区域之间来回巡视，不时和会员聊上几句。

拉维尔先生现在出去吃午餐，柔道场和健身房都没有会员来，只剩下我一个。

上了簇新银漆的杠铃和哑铃躺在绿色地毯上，不安地反射出窗外的闪电。当我夹杂在白人之中健身时，曾为自己琥珀色的肌肉感到自豪，可是就在闪电的刹那，我看到自己正在练习弯举动作而神经质地隆起的上臂肌肉，在镜子里忽然变得和雷电的闪光一样苍白。我从小就讨厌雷声，而且祖母也再三叮嘱我雷电交加时千万不要靠近金属的东西，所以此刻身边全是金属物件，甚至手里就握着金属，着实有些不放心。

自从我固定来这家体育馆健身之后，几乎没看过耀眼的阳光从那扇钢筋镶嵌毛玻璃的大天窗射进室内，这时闪电第一次照亮了那扇天窗。雷声愈来愈近，偌大的雨点打在天窗上，还有几滴雨沿着脏污的玻璃裂缝滴落到绿色地毯上。我没带伞，一面担心着等下该怎么回旅馆，一面注视着雨点正在地毯表面滴出墨黑的湿渍。

"哈啰！"一个会员的招呼声从夹层传来，让我稍微壮了胆。他自称是《时尚》杂志的摄影师,他说的英语我还听得懂。其他会员讲的都是伦敦土腔,还夹着许多俗语,我完全听不懂他们在讲什么。

——提到语言,到目前为止我所见过的作家、出版商与记者,一律使用相当清晰而易懂的英语。包括我们在内,这群相关职业者由于使用相同的语言,在不自觉间组成了某种独特的阶级。相较起来,下层阶级、上流或装作上流所说的英语,依旧十分难懂。那些自以为上流的英国人故意装出的结巴,与简直像患了中风似的英语,实在令我不敢恭维。我经常会仔细打量这种人的面孔,心里怀疑他是否生病了。

关于各种语言上的冒险,我的想法已刊载在《星期日泰晤士报》和《卫报》上的采访报道,并在BBC的电视访谈中说过对于《叶隐》的观点。这些主题,我在日本已经谈过了。自从《泰晤士报》周日版刊出我那篇采访报道之后,旅馆那些服务生原本冷淡的态度在一天之内完全转变,上餐厅时,也会有不认识的绅士过来问我:"听说您彻夜工作,下午两点才起床吃早餐,是真的吗?"我不禁为媒体报道发挥的惊人功效感到吃惊。不过,有位女作家向我发了牢骚:"英国报纸光会奉承你们这些外国作家,对我们这些本国作家却总是置之不理。"

这趟英国行最大的收获,该算是拜访住在萨福克郡的作家安格斯·威尔逊[1]了。承蒙威尔逊先生的热情招待,并让我有幸聆听他旁征博引、极具诙谐的聊谈。他告诉我,这一带到了夏天,夜莺总会整夜啼鸣,吵得人们非得关上窗户才行。隐居山间的威尔逊先生是英国短篇小说界首屈一指的名家,也是日本文学的爱好者,对于近来于英国出版的安部公房先生小说《沙丘之女》大表赞赏。事实上,不单是威尔逊先生,诸多评论家对这部小说同样齐声赞扬,使我与有荣焉。

---

[1] Angus Wilson(一九一三~一九九一),英国小说家与文学评论家。

威尔逊先生没有对我提起艰涩的文学论，但告诉我不少有意思的事情。譬如，按照英国的传统，男士和女士在晚餐后会分开来谈天，而且在维多利亚时代，男士们总是把酒言欢两三个小时，直到酩酊大醉才会回到女士们的身边，不过现在的男士们不敢那么做了，至多喝个三十分钟就得回到女士们的身边。还有，在威尔逊先生小时候，英国中产阶级家庭习惯在餐盘里留下一些食物给穷人。此外，英国演员和日本明治时代的歌舞伎演员一样，在十九世纪后期社会地位忽然大幅提升，因而以贵族自居，但此一演员世代的最后一位代表人物约翰·吉尔古德[1]，在新形态的戏剧里已经找不到自己的定位了。

——时至今日，在英国喝午茶的时候，为你斟茶的人还是会慎重其事地询问："Milk first? Tea first?"

在同一只茶杯里，先倒茶还是先倒牛奶，味道应该不会改变，可是，如果说哪种先倒都无所谓，便会衍生出不合逻辑的各派论点，但不论是从前或者现在，英国同样绝不允许这种模糊地带的存在。这使我联想到，诸如这种"随便哪一种都无所谓"的思维，等同于轻言放弃了生活，乃至于放弃了面向更广的文化。

（一九六九年四月九日～十日·《每日新闻》·原标题《续伦敦通讯》）

---

1 John Gielgud（一九〇四～二〇〇〇），英国演员、导演与制片。

印度通讯

印度的一切都没有掩饰。所有的一切全都摊显在外，迫使人们非得"面对"不可，包括生与死，以及知名的贫困。

　　我最先造访的城市是孟买，那是个美丽的地方。连脏污的市容，也流露着一股无法形容的美，哪怕在街头随便撷取一景都能入画。站在旅馆门口，即可望见壮丽的海门。昔日英国女王和总督乘船靠岸，便是从那里踏上了印度这块土地。来自阿拉伯海的海风刮过灰色的矮竹丛，岱赭色的门楼像极了凯旋门，门楼四周满是披着缤纷沙丽的妇女、头顶货物的妇女、皮肤黝黑的乞丐、穿着白制服的水手，这些人交织成一幅色彩丰富的人物画。但我所说的"画"，不仅仅是画中有人而已。

　　纽约街头的人群，只是站立或走路，可是在这里，人们不单是站立或走路，有步行的人、有驻足的人、有蹲下的人、有躺卧的人、有吃香蕉的人、有蹦跳的小孩、有坐在高台上的老人，再加上白色的圣牛、加上狗、加上鸟笼里的鹦鹉、加上苍蝇、加上浓绿的树木，还加上人们身上的穆斯林红头巾与漂亮的纱丽。这些要素全部加总起来，成为动态的浑然一体，合力做出每个瞬间刚一画完，迅即变化为下一幅的"具有生命"的画作。

依此推论，若要为"具有生命"做出一个最佳的可视性定义，或许就是当场架上画框，这一幕就立刻变成一幅画了。如果不值得入画，也就代表并没有真正活着。

或许印度是全世界拥有最多美女的国家。我这里用了"或许"，只是表示谦逊的用词，若按我主观的看法，这里绝对是世界拥有最多美女的国家。日本有句话叫"珍宝藏僻壤"，但我在这里的大城小镇，都遇上了宛如天仙下凡的优雅美女。近年来，但凡文字敏感度较高的大众文学作家，几乎都不用"美得令人屏息"这种形容了，可是我曾几度在旅馆的大厅，在社交界人士云集的剧场，在旧德里的肮脏小巷，甚至在牛车上，看过好几位拥有一双如深潭般美眸的绝世美女，即便以《一千零一夜》故事里的夸大修辞法来形容她们的美，也绝对恰如其分。

我在孟买见到那位跳着印度舞蹈的姑娘时，真想把她立刻带回日本。这个姑娘让我想起歌德《东方诗集》里的抒情氛围。

她露出纱丽外的那双优雅细长的胳膊之美，她那与手脚的瞬间舞动恰为相反方向的眸光流转。每往前踏一步，便在这短促的分秒间倏然扭头向旁又转回正面，这望似多余的动作，使她的肢体在刹那间，同时呈现出严密的纪律与蝴蝶的逍遥。不仅如此，当披着一身天蓝纱丽的女子，静静地出现在旅馆的宽敞大厅时，我不由得想象那位阿斯帕齐娅[1]，应该就是像这样的女子吧。

……因此，当你身在印度，就会立刻面对"生"，绝对不容逃避。

接着，你同样被迫面对"死"。

---

1 Aspasia（公元前四七〇~公元前四〇〇），古希腊人，以美貌与聪慧著称。

印度通讯　239

圣河恒河勾出一弧完美新月形的西岸，那地方就是圣地瓦拉纳西的浴场。在这里沐浴可以涤去一切罪愆，虔诚的印度教徒尤其喜欢在日出时刻顶礼膜拜，站在此地可以望见对岸人们礼拜朝日的身影。近旁就是火葬的场所。根据印度教信仰，人们死后立刻回归为五种元素（空气、土、水、火、乙醚）而后转世，这里便是教徒昼夜举行公开火葬的地点。火化后的骨灰集中一处，交托圣河带走。

死者若是三岁以下的幼童，尸体不能火化，而要沉入河底。为因应这种风习，河边亦有出售沉重石块的小贩。

印度教很重视献祭的仪式，从前在斋浦尔必须以大量的活人献祭，现在一般改用公山羊作为祭品。孟加拉省的夏克提[1]信仰相当兴盛，崇敬嗜血的迦梨女神，因此加尔各答著名的迦梨女神庙每天都要献祭三四十头公山羊，在特别的祭日则要献祭四百头，而这样的献祭仪式，是在大众的面前举行。世界上或许只有这里是公然举行献祭仪式的。

祭台上被套了颈枷的小公羊哀号不停，一刀剁下，羊头落地……从那里可以窥见本该由人类亲自面对的血迹斑斑的人性真相，但却被现代生活隐藏在打着卫生名义的厚重面具之下了。

每当我想到这个国家的佛教衰灭，便会想到一种定律：所谓经过去芜存菁、以及哲学性的体系化，从而获得了普遍性的宗教，这块土地的"自然"的根源力量必定会逐渐弃之而去。

当人们在印度面对"生"与"死"之际，自然而然地，也要面对显而易见的"贫穷"。

印度的贫穷，绝不是单纯的经济问题，还包括宗教、心理和哲学的

---

[1] Shakti，梵文原意是"神圣的阴性能量"，在古印度教里代表所有的女神形象，司掌生育和创造万物的力量。

问题。纵使饥饿难忍，人们也绝不吃牛。北印度和孟买西岸的信仰毗湿奴的素食主义者，也不肯吃当地丰富的渔获。这也给了平凡的旅人得以从哲学性和心理性的视角，自由自在地观察此地。

如果坐在孟买那家豪华的泰姬玛哈旅馆二楼餐厅的靠窗桌位，一面用餐，一面欣赏阿拉伯海的风光，就会感到有一股视线从下面的街上直盯着你瞧。那股视线克服了距离、克服了厚重的玻璃，随着阳光一起射中我的左颊。我定睛一看，原来是个赤裸上身的少年，他单手抱着一个上身没穿衣的小孩，另一只手举起来挥扬，一再地喊求布施。

这件插曲，赋予我们这顿饭某种反社会的意味，增添了餐食的苦味，更带来了任何调味料都远远不及的某种特殊"意义"的香料。当然，也许有些人因此觉得餐点更好吃了，或许有些人因此觉得东西变难吃了，总之，它在风俗习惯上添加了某种意味。

回想过去，日本也曾有过一段日子满街都是乞丐，染患麻风病的乞丐出现在数寄屋桥上也不算罕见。印度的乞丐虽比日本的乞丐来得不客气，却没有开罗的乞丐那般恬不知耻，至少还保有一种威严。汽车一在路口停下来，一只污黑的手就会伸进车窗里。不过，由于日本的乞丐消失了，我们也失去了乞丐所代表的神秘和哲学。我们失去了在贫困中贸然伸过来的那只手，那只鲁莽地从未知之境伸向我们的肮脏的手。

贫困从而变成了肉眼看不到的、复杂的、逐渐靠过来腐蚀身体的东西。它已不再是来自"那个世界"、激发我们觉醒的东西，而成为一种没有自觉症状、潜伏在我们内在的疾病。《推销员之死》所描述的，就是这种贫困。

在这样的环境之下，也让我们失去了某些认知，比方"树荫，就是可以在它的影子里躺下歇息的地方"。

前往阿旃陀石窟遗迹的车程中，沿途不时有獴和长尾猿横越马路。

当我们停下车来，在树荫下打开午餐盒的时候，我忽然领悟到：树荫，就是让打赤膊的人休息的地方。树荫，只想达到一个单纯的目的，亦即自然界对毒辣阳光的一种救赎。美丽的树荫，不单是作为供人欣赏，更在肉体与精神层面都发挥了作用。遍布于奥兰加巴德那片肥沃原野上的浓绿树林，每一棵都落下了具有启示的深邃树影。

印度教在这片辽阔的国土上，备妥了朦胧的金色大车轮，由自然驶向人类的生活，再从人类的生活驶向自然，不停地轮回。

当然，这个国家存在着种种问题，每一桩都充满难以解决的痛苦。仅就文学而言，要从十五种语言当中，育成一种共通的、普遍的国民文学，已经困难重重了。但这里不愧是泰戈尔的诞生之地，我从孟加拉语圈的年轻诗人的成果中，发现了一种简素、经过净化的美。不过老实说，我读的是英文版。

但是，我来到这个国家之后有个感受，就问题本质而言，解决并不代表一切。假如解决问题等于消灭问题，那么事实上，印度这个国家并不希望以这种方式解决。在印度，问题就代表了一切，如此一来，也就等同于连一个问题都没有。他们已经与问题共生共存了数千年。问题亦即"自然"，也就是在印度教神学当中，同时拥有创造和破坏、丰富又残酷的自然。

就各种层面来说，目前的印度似乎有些落后，可是，这么大的国家，迄今依然墨守诸多旧规，此等事态不容小觑。或者印度正为了这个躁进追求高度技术化的现代世界，再一次准备一套崭新的精神价值。从在瓦拉纳西浴场里净身祈祷的年轻人身上，我感受到了这一点。

（一九六七年十月二十三日~二十四日·《朝日新闻》）

美国人的日本神话

日本最早是以武士、切腹、富士山和艺伎而名扬世界，紧接着是以廉价劳力和粗制的外销商品著称，然后，是以日本人的"神秘微笑"闻名。接下来，日本是以好战国民而知名，等到打了败仗，这回再以和服、花艺、世界第一贤淑的日本姑娘、君子之交、照相机、半导体收音机、木造艺品、陶器、纸灯笼、油炸餐食、日式牛肉火锅，以及伟大的禅学而声名大噪。在鲁思·本尼迪克特撰写的《菊与刀》一书中，对日本文化的特质、其男性要素和女性要素，还有日本式道德的特殊性等等，已做了非常详尽的说明，我应该不需要在此加以分析了。

　　以我们个人而言，一旦丑闻缠身，就很难再撇清了。纵使丑闻的内容并非事实，但丑闻这种东西，就是会让世人将你视为丑闻里的那种形象。更何况丑闻没什么致命性的杀伤力，反而会唤起人们的好奇心，获得众人的喜爱，于是，丑闻摇身一变，成为神话。詹姆斯·米切纳[1]写的《樱花恋》，其实是把日本最大的丑闻《蝴蝶夫人》的故事（战争期间，这出歌剧被视为国耻而禁止上演）改写成为现代神话。由于日本没有一位像布拉斯科·伊巴涅斯[2]那样的小说家，于是美国作家主动请缨，担起这个重任了。

　　不过，只要略加浏览这部小说，就会发现日本姑娘在美国享有盛

---

[1] James Albert Michener（一九〇七～一九九七），美国小说家。
[2] Vicente Blasco-Ibáñez（一八六七～一九二八），西班牙小说家。

名。我们这些被宠坏了的日本男人，总以为洗澡时妻子来为自己刷背是天经地义的服务，但美国人对这样的举动似乎非常感动。可是，美国女士不也是开开心心地帮自己的爱犬洗澡吗？由此可见，美国女士之所以没有为丈夫刷背，或许是为了表示对男人的敬意，所以不把男人和狗一视同仁吧。

日本太太其实也有各种不同的类型。我就认识一位太太有个别号叫"丹下左膳"。丹下左膳是一个传奇性的知名武士，在一场比赛中受伤而瞎了一只眼睛。我认识的这位太太非常贪睡，每天早上丈夫自己起床洗脸、自己做早饭、自己吃完，这段时间她绝不会离开床铺，直到丈夫要上班了，朝她打声招呼："我要出门啰！"她这才勉强睁开一只眼睛，随口敷衍一句，然后又继续睡觉。她的别号就是这样来的。

我推测由于无微不至的服务而深获得男性欢心的日本女性形象，可能来自占领期间[1]日本艺伎给美国高阶军官与官僚留下的印象。时至今日，艺伎仍然会趁金主老爷早晨洗脸时，先去盥洗室在牙刷抹上牙膏，静候老爷来用。良家太太绝不会这样服侍丈夫。这种服务是一种特殊技术，就像原子炉技师的技术一样，对一般人来说根本遥不可及。

日本的旅馆服务业虽然还没如此周到，但也相去不远。像我这种一半欧化的日本人，在传统旅馆里更衣时，常让我不知如何是好。我的房里会同时出现三位年轻的女侍，一人端着衬衫，一人捧着外套，还有一人撑妥裤头递到我的脚边说道："来，请穿。"

日本服务业带有几分微妙的东洋化特色。根据基督教的传统，西欧所谓的快乐，明确地分成肉体快乐和精神快乐两种，但日本在这方面的

---

[1] 一九四五年第二次世界大战结束，美国旋即占领与实质治理日本，直至一九五一年结束对日占领。

界限却相当模糊，从肉体到精神的广泛领域里囊括了许多种类的快乐，而服务业能满足顾客的每一种需求。所以，日本人非常无法接受外国人误将艺伎和酒吧女郎以及娼妇混为一谈。艺伎绝对不是娼妇，话说回来，艺伎亦不能算是良家妇女。不单如此，严格说来，就连娼妇也不是得到世人认同的娼妇。日本十八世纪的纯爱剧，几乎都是描写青楼女子和嫖客之间的爱情。就这点而言，封建时代的日本人分得很清楚，他们会和收了钱的女郎谈情说爱，但不必对结婚的对象产生爱意。这种观念至今仍然留在日本人的脑海里，认为爱情是在能够花钱的地方——例如陪酒女郎的酒店——于精神层面逐渐萌芽的。所以银座那几百、几千家酒店（再小的酒店也至少有四五个陪酒女郎）是磨炼精神意志的某种道场。有位外国作家曾向警方投诉，说他自己只喝了一瓶啤酒，可是一群吧女却径自凑过来点了好几杯酒喝光，结果结账时他被索了四十美元。不得不说，这桩投诉实在太不解风情了。酒店绝不会让酒客检查明细，只在一张小纸片写上总额，或是口头报个账而已。

说到这里，我想换个话题，谈一谈日本人和美国人交友的情形。

如果告诉美国游客，日本人多数不会说英语，他们大概会吓一跳。当然，旅馆业者、导游、贸易商社职员等等，也就是仰赖英语会话能力赚取利益的人，都会说一口流利的英语。或许我该讲得更精确一些。我的意思是，其他日本人，也就是不和外国人往来也能过生活的日本人，几乎都不会说英语，而且这些日本人绝不会使用像外国人那样耸耸肩的肢体动作与别人沟通。如果有人对他们说英语时，他们只会露出那一抹著名的"神秘微笑"，表示"听不懂"。

西洋人一般认为，这个谜样的微笑让人很不舒服，可是对我们日本人来说，这个表情回应很容易理解。因为伤心，所以微笑；因为为难，所以微笑；因为生气，所以而微笑。换言之，"伤心""为难"和"生气"原本是不同的情感，但在这里，却都是用"因为X，所以X"的相同符号表达出来。至于接收到X符号的对象，必须立即察觉出以下的信息才行：

"我懂了，这表示他一定想隐藏某种情感反应，既然如此，就别多加过问了。"

也就是说，微笑表示不予置评，是一项"停止判断"和"停止分析"的请求。这在日本社会是司空见惯的回应，况且在日本这种个人主义不发达的社会里，以微笑作为回应，不但可以保护个人的自由，并且是合乎社交礼仪的要求。

可是，这种回应对外国人却行不通，尤其美国人更是完全无法忍受。美国人不能理解，这个X符号到底代表什么意思？他抱头苦思，经过分析判断，决定提出询问。结果当他发现这个提问竟然惹恼了日本人时，愈发茫然不解："既是如此，为何不一开始就表现出你的愤怒，而要对我微笑呢？"然而，对日本人来说，表达愤怒却是一种不符合礼仪的反应。

谈到礼仪，就相当复杂了。日本国民的彬彬有礼是举世皆知，所以，日本人动不动就微笑，动不动就行礼，动不动就馈赠。于是，当日本人拎着一大篮水果登门拜访、露出微笑、行礼一百遍之后回到家里，顿时感到一股"善尽礼仪"的愉悦的解脱感流贯全身，并且这辈子再也不必去拜访那户人家了。

有个美国人外派到日本工作。他对日本抱有好感，虽然连一句日语都不会说，但很希望跟国内的日本人结为好友，于是交了很多不懂英语的年轻朋友，每星期都举办派对邀他们来。半年过去了，美国人发现那些日本人从来没有招待过他，而且那些参加过派对的年轻朋友，也渐渐疏远他了。美国人深感绝望，变得非常讨厌日本人了。

他向我大发牢骚。我完全明白个中缘由，但这个道理他完全无法理解。他一心认定日本人是不懂礼仪的民族。

　　理由相当显而易见，并且涵盖了几个层面：第一，语言障碍。日本人格外shy，又是完美主义者，认为自己"如果真要说外语，那一定要讲得很流利才行"，于是干脆闭上嘴巴，觉得和外国人当朋友很麻烦。不过，只要主人的日语很好，这个问题也就迎刃而解了。第二，一般来说，日本人没有在自宅招待客人的习惯，这也属于完美主义的体现，因为"如果要邀请客人，尤其是外国客人来家里，就得是那种会让客人惊讶的豪华宅邸才可以"，但是自己目前还住在既小又脏的公寓里，若是再等上一百五十年，也许就可以住在拥有十五个房间的大宅里了，所以一百五十年以后再邀请客人来就好了。这不是谎言，证据是盖了大房子的日本人，可就非常喜欢在自宅招待外国宾客。西洋人的基督教式想法认为，只要是诚心回请对方，即便住在脏乱狭小的家，也只能端出粗茶淡饭招待，对方都会觉得很开心，但是这种想法和大多数日本人想的不一样。日本人觉得，请客人来这么脏乱狭小的家里很"失礼"，倒不如继续接受对方的邀请，去对方美轮美奂的房屋品尝佳肴，这才是符合礼仪的举止。

　　上述解释，想必美国读者仍然觉得不够充分吧。问题是，要说明某国国民的普遍心态，其实不是一件简单的事。"自己已经受邀好几次了，总得答谢对方才好，可是以我的收入，根本买不起像样的回礼，但赠送便宜货未免有失体面。还有，说什么也不能邀请对方来家里。家中既没有好几打成套的玻璃杯，也没有女佣，更不用说屋子脏乱狭小，有失体面……再加上语言不通，真让人发愁。有外国人在场，气氛会变得很凝重，就算一群日本朋友谈谈笑笑的，只要屋子里多了一个美国人，场面就会变得很尴尬，实在麻烦透顶。万一他下次再邀我，就别去了吧。"——以上这段描述就是针对典型的日本人所做的心理分析结果。无须赘言,这种心态和反美主义完全不相关。

由于向往旅行社彩色海报上的红色神社牌坊、大佛像,以及撑着阳伞的舞伎,因而来到日本的美国人,第一步踏进东京就颇感失望,直到他们抵达京都以后才恢复了生气,这已经成为外国游客造访日本时的定律了。日本悠久的历史,对于国史尚短的美国民众很有吸引力。美国游客相当不解日本的年轻人为何不珍惜传统。还有,美国游客也不明白,日本人本该是喜欢干净的民族,那么东京的街道又为何这般肮脏。

总而言之,但凡对日本和日本人抱有各种浮夸梦想和错误观念的外国游客,见到东京这座都市时,便感觉像被迎面泼了一盆冷水。由这个角度而言,不得不说东京真是一座神奇的城市。在这里,鲜少看到穿和服的人,西洋建筑又欠缺风情,天际线低矮且没什么像样的大厦,除了皇居前护城河的景色还值得一看,这地方毫无都市之美可言。

谈到这里,就不得不继续论述日本人在都市计划、道路计划、公共卫生等理念上,与西欧人的理念有着根本上的差异,还是暂且打住吧。不过在此,还是有必要谈一下日本人的传统观念。

从古代和中世纪建造的石砌楼房依然保留到现在,以及人们至今还住在增设了中央暖气系统的十八世纪建筑物里,就能深切体会法国人和意大利人所承受的传统重担。相较起来,日本留存下来的传统建物多数是以木材与和纸打造而成的,一把火就烧得精光,搁着不管就朽圮坍倒,无须费心。伊势大神宫每二十年新建殿舍以更替旧殿的制度[1],已经传承了上千年的历史,迄今举行过五十九次迁宫仪典,由此可以看出日

---

[1] 每二十年,就在原来的殿舍旁边新建殿舍,主要包括内宫、外宫两座正宫的正殿,以及十四座别宫的社殿,落成之后将神座迁至新殿。

本人秉持的传统观念。在西欧，原件与复制品之间，有着截然不同的差异，但在多数为木造建筑的日本，完全依样建造的复制品具有等同于原件的价值，亦即成为第二个原件。京都几处知名的大寺院，都是几度遭逢火厄再重建而成的。因此，日本的传统建物好比季节更迭，今年的春天和去年的春天一样，而去年的秋天也和今年的秋天相同。

因此综观世界各国，没有任何一国的国民是像日本人这样，毫不吝惜地丢弃传统，在极短的时间之内抹煞传统的。人们在日常生活中完全感受不到传统的重担，东洋人特有的敬老思想也荡然无存。今天的日本老者总是汲汲营营于取悦年轻人。日本一些年轻世代的共识是，女性一过二十岁就叫老太婆，而男性过了二十五岁就叫老头子了。至于二十岁以下的家伙则穿着牛仔裤逛大街，在摇滚乐中浑然忘我。

外国游客不敢相信自己的眼睛——这就是日本吗？这里和旅行社的海报根本是天壤之别啊！

遗憾的是，这就是日本的传统。早在锁国时代的日本人，就已经拥有支那文的别号，如同现在的年轻人另取杰克或玛莉之类的英文昵称一样。对日本来说，当时的支那等于现在的欧洲。

神宫每二十年的新建和迁宫，相当具有象征性。大约在二战结束后的第十五年起，众人都以为早已不复存在的日本古老思想，正以不容小觑的力量复活重生，并且深深吸引了部分的年轻世代。一九六〇年，消失了十五年的剖腹自杀再度出现。一位对岸信介内阁[1]施政深感愤慨的僧侣，在总理大臣官邸前面剖腹自杀了。从此而后，即便剖腹自杀事件频频发生，世人也无须感到讶异。或许不久之后，武士道精神亦即将复活。

---

1 岸信介（一八九六~一九八七）曾任日本第五十六与五十七届总理大臣，内阁执政时间自一九五七年二月二十五日至一九六〇年七月十九日。

自从日本中世纪的禅学在美国知识阶层间流传开来以后（毫无疑问，这必须归功于铃木大拙[1]先生伟大的影响力），禅寺成为美国知识分子访日时最向往的圣地。马龙·白兰度曾语出肺腑地描述了他在京都拜访禅寺，得到禅僧接待的过程。我在纽约时，也有位极具教养的美国妇人告诉过我，她在镰仓一座静谧的寺院，有机会见到了一位知名的禅僧，彼此虽语言不通，但那相视微笑的瞬间，让她感受到无比的幸福，即便在那一刻死去，她也没有遗憾。

如果把这些事拿去讲给住在东京的日本人听，想必他们只会瞠目结舌。我的家人和亲戚信奉禅宗，只在为祖父、祖母做供养法事，以及参加亲戚葬礼的时候才会一起聚在寺院里。我从未仔细聆听过僧人讲道，只陶醉在听不懂的诵经声和线香袅绕的烟气里。那些曾在二战期间与死神擦身而过的年轻世代，一度热衷于坐禅。总之，住在非都会区的日本人，信徒与寺院僧人之间依然保持密切往来，但是住在现代大城市里的日本人，只在处理与"死"有关的事情时，才会踏进寺院里。寺院俨然成为一栋死亡百货公司，我们从来不曾仔细省思过禅宗的教义。

在我细细思量以后，赫然灵光一闪：难道美国之所以流行禅学，是因为美国的知识分子全都面临着死亡的威胁吗？思忖片刻，又发现这个推论不对，他们应该是从禅学里探求生命的意义。现代日本人所探求的生命意义，目前看来已经从政治、酒、女人和艺术之中得到了满足，等到他们发现这样还不够时，禅学或许又会变成显学了。不过，禅学现时还是一座处于休眠状态的火山。在日本，那些肤浅的热衷禅学者被称作野狐禅，依此看来，狐狸正在美国大量繁殖。

---

1 铃木大拙（一八七〇～一九六六），日本佛教与禅学作家，以英文撰写多部禅学论著，对于将日本的禅学文化推广至海外有重大贡献。

美国人的日本神话　251

不过，当我探访京都的一座禅寺时，明白了在京都这样与众不同的古老城市里，禅学仍具有实用性的效益。人们把一些婚姻失败的人和企图自杀的年轻人，送进寺院里当见习僧侣几个月，透过这段俭朴生活的潜移默化，使其完全恢复为乐观开朗的人。于是我懂了，这就是古老的精神衰弱疗法，可以取代现在的精神分析疗法。这么说，美国人之所以流行禅学，或许也是因为已经受够了精神分析疗法。记得大约一两年前，在东京有位非常时髦的电影红星，酒后驾车碾死了一个人，公司命令他闭门反省，他主动进去位于镰仓的禅寺，披上僧衣，修行了一整年，洗心革面之后重返电影界，还有了美满的婚姻。像这样的例子，在日本人眼中，正是现代和古老的完美结合，但是看在美国人眼里，也许是最尖端、最时髦、最世故的生活方式。

日本人之所以讨厌旧东西，或许是因为日本不曾被当作殖民地。第二次世界大战以后，由殖民地独立建国的亚非各国，但凡看到西欧之物，都会联结到那段殖民地的痛苦记忆，而只有更古老的民族传统，才不会联结到那段记忆，所以他们特别爱护与尊重传统。相较之下，日本的西欧化是日本人自己主动选择的道路，所以我们从不会对电车，对汽车，对玻璃帷幕大楼，对电冰箱，对电视机和对洗衣机怀有敌意，而是欢天喜地全盘接受。新东西，就是好东西。然后，当我们旁边塞满了新产品而无法动弹，也就是每隔二十年，日本人便会恍然大悟——古老的一切才是好的。

——一九六一年二月二十六日

（一九七五年十月·《三岛由纪夫全集第三十卷》·新潮社）